百 / 年 / 砺 / 初 / 心

信仰 · 追求 · 力量 · 坚守

追望大道
ZHUIWANG DADAO

李俏红◎著

浙江工商大学出版社
ZHEJIANG GONGSHANG UNIVERSITY PRESS

· 杭州 ·

图书在版编目（CIP）数据

追望大道 / 李俏红著 . — 杭州：浙江工商大学出版社，2021.5
　　ISBN 978-7-5178-4345-0

　　Ⅰ．①追… Ⅱ．①李… Ⅲ．①报告文学－中国－当代 Ⅳ．① I25

中国版本图书馆 CIP 数据核字（2021）第 031319 号

追 望 大 道
ZHUIWANG DADAO

李俏红　著

责任编辑	何小玲
责任校对	张春琴
封面设计	沈　婷
责任印制	包建辉
出版发行	浙江工商大学出版社
	（杭州市教工路 198 号　邮政编码 310012）
	（E-mail: zjgsupress@163.com）
	（网址: http://www.zjgsupress.com）
	电话: 0571-88904980, 88831806（传真）
排　　版	风晨雨夕工作室
印　　刷	杭州高腾印务有限公司
开　　本	880 mm×1230 mm　1/32
印　　张	6.75
字　　数	139 千
版 印 次	2021 年 5 月第 1 版　2021 年 5 月第 1 次印刷
书　　号	ISBN 978-7-5178-4345-0
定　　价	39.80 元

真理的味道非常甜

　　"真理的味道非常甜。"习近平总书记多次讲述了陈望道在翻译《共产党宣言》时"蘸着墨汁吃粽子，还说味道很甜"的故事。回望《共产党宣言》中文首译本出版100年来中国大地上发生的翻天覆地的巨变，真理的味道有多甘甜，中国共产党和中国人民最有话语权。

——《人民日报》（2020 年 8 月 3 日）

写在前面

　　江南的春天总是来得特别早，虽然北方大地还是一片枯黄，江南的山区却已春意萌动。一眼望去，田野上草色扑入眼帘，河岸边、田埂上，柳树抽出了新芽，桃花、杏花、梨花枝头缀满了粉色、白色的花苞，只要太阳一出来，它们就会争先恐后"吧嗒、吧嗒"打开。花一开，世界一夜之间就变得生机勃勃、欢快明亮。

　　这是 2021 年 2 月，春天的地气走动着，夹杂着新翻的泥土和青草的气息，风和煦地抚摸着人们的脸庞，一切都是欣欣然赏心悦目的样子。

　　这里是浙江省义乌市城西街道分水塘村。淡蓝色的天空中飘着朵朵白云；房前屋后鹅黄的迎春花、火红的山茶花正临风怒放；田野里的油菜花金灿灿的，在风中摇曳着；紫云英经过一冬的洗礼，正沐浴着春风蓬勃生长。蝴蝶在花丛里翩飞，蜜蜂"嗡嗡"闹着。农家菜园里，春天的色彩就更浓了，翠绿的卷心菜，红色的小萝卜，青青的油麦菜，还有刚刚发芽的嫩绿的豌豆苗……小鸟在树上鸣啭，清丽的叫声滴落在草叶上，空气里带着春雨的湿润。

春天就像莫奈的油画，在分水塘村泼洒开来。

2021 年于分水塘村有着特殊的意义。

2021 年是中国共产党成立 100 周年，也是陈望道翻译《共产党宣言》101 周年，正是在分水塘村那间小小的柴房里，伟大的共产主义战士陈望道夜以继日、废寝忘食翻译了《共产党宣言》。从此，《共产党宣言》从义乌这个小小的村落出发，似一股清风，驱散了中国天空的迷雾；如一泓清泉，注入了进步青年的心田；似一颗火种，点燃了中国共产党人忠诚的信念；如一缕光，照进了中国革命史的进程，从此掀起了波澜壮阔的革命浪潮。1921 年 7 月，在《共产党宣言》的引领下，中国共产党诞生了，中国革命面貌从此焕然一新。

习近平总书记在不同场合多次引用陈望道翻译《共产党宣言》的故事，点赞"真理的味道非常甜"。习近平总书记说："《共产党宣言》揭示的人类社会最终走向共产主义的必然趋势，奠定了共产党人坚定理想信念、坚守精神家园的理论基础。"

这一伟大著作自问世以来就放射着真理的光芒，培养了一代又一代共产主义战士，改变了中国，改变了世界，影响了全球。

回顾 100 多年来马克思主义恢宏的发展与传播史、国际共产主义壮阔的运动史，回顾 100 年来中国共产党栉风沐雨、砥砺前行的革命、建设与改革史，《共产党宣言》确立的价值理念、提出的任务使命、阐发的理论原理、强调的方法原则始终对共产党人具有坐标原点的重要意义。

　　习近平总书记指出："坚定的理想信念，必须建立在对马克思主义的深刻理解之上，建立在对历史规律的深刻把握之上。"

　　"理想之光不灭，信念之光不灭。""为学之实，固在践履。"《共产党宣言》自发表以来，影响巨大而深远。正因如此，现在的分水塘村吸引着越来越多的人慕名前来感受"真理的味道"。

　　"我们从上海来，之所以过来走走，是因为心中一直有这样一份情怀，想来看看最早翻译《共产党宣言》的村子。同时带上爸爸妈妈，呼吸一下农村的新鲜空气，感受一下浙江新农村的美丽风光。"

　　"我们是嘉兴来的，南湖是中国共产党的诞生地，而分水塘是马克思主义思想的萌生地，两者有着密切的联系。"

　　"我们从温州来，重温《共产党宣言》是我们党员的必修课。我以前到过分水塘，没想到这两年分水塘变化这么大。以前是脏兮兮的土路，如今变成了干干净净的大马路；原来是一排排破烂不堪的砖瓦房，现在成了一幢幢漂亮的小楼房。"

　　明媚的春天让人的心情同样变得明媚，早上5点多就有客人在航拍村里的美景。清晨，我走在整治一新的分水塘村，听着大家的闲聊，内心很是激动，我眼前是一幅新中国、新时代、新农村的壮丽画卷——

　　100多年前，陈望道在这儿播下了信仰的种子，如今信仰的种子已经生根发芽。分水塘村已经成为全国红色主题教育活动基地、红色培训基地——移步换景的红色文化元素、焕然一新的乡村布局、黛瓦白墙的农家别院……初春的分水塘处处焕发着生机和活力！

不仅是分水塘。

从发掘红色文化元素入手，义乌市城西街道以"丝路起点、红色城西"为抓手，全面打造"望道信仰线"。自分水塘村而南，穿过诗意浓浓的"燕子坞"何斯路村，沿着"绿水逶迤去，青山相向开"的长堰水库，进入有文化、有乡愁、绿水青山环绕的石明堂村，转而直达城西街道党建示范村七一村和拥有大型湿地公园的流里塘村，再东折驻足融入陆港电商小镇的横塘村（现为陆港社区横塘居委会），再到"一带一路""义新欧"中欧班列的起点，全长 13 千米。这一路上无不体现出共产主义信仰的初心，无不体现出新时代、新农村辉煌壮阔的美好前景和蓝图！

在习近平总书记"真理的味道非常甜"思想精神感召下，在陈望道红色《共产党宣言》的引领下，如今，义乌市城西街道"望道信仰线"已经成功转变为一条产业富民线、绿色生态线和乡村振兴线。

信仰之光一路照耀，百姓生活日新月异，所有的奔跑都向着一个方向，汇聚成一股新时代中国乡村发展的蓬勃力量……

2021 年 3 月

目　录

第一章

历史选择：一盏油灯的光芒　　　　　　001

第二章

乡村蝶变：真理的味道非常甜　　　　　019

第三章

美丽典范：薰衣草花海背后的故事　　　045

第四章

一村之治：志成湖畔的"乡践与乡见"　　081

第五章

撸起袖子：石明堂做出"新名堂"　　　　105

第六章

全国样板：一个与党生日同名的村庄　　115

第七章

日新月异："红色堡垒"提升民生福祉　　139

第八章

见证传奇："义乌经验"领航电商小镇　　151

第九章

丝路起点："一带一路"为梦想出发　　177

第十章

追望大道：让义乌告诉世界　　191

后　记

203

第一章

历史选择：
一盏油灯的光芒

时间上溯到 1920 年 2 月。

这一年农历春节来得迟，2 月 20 日是大年初一，乡下要过了元宵才算出年。

这年特别冷，春寒料峭。小鸟蜷缩着脖子站在光秃秃的树干上，像一排黑色音符。细蒙蒙的雨丝中偶尔夹杂着一场细碎的春雪，俗称倒春寒。不久雪停了，雨却越发细密潮湿。要知道南方的阴冷比北方的干冷要冷得多，小村的路口不见一个人影，一夜的雨雪交加让进村的山路变得越发泥泞。

在这样的季节，山区的人们往往足不出户，他们像浣熊一样备好所需的食物，然后在小村里过着与世隔绝的生活。

一

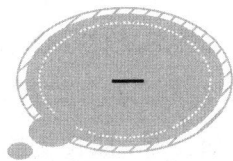

此时，陈望道在这里是安全的。这个荒凉而贫瘠的山野，本身没有几户人家，而且村子里的人都是沾亲带故的。何况这是他的家，一个他从小长大的地方，一个熟悉的充满了爱和温暖的地方。

小村的长夜寂静无声，陈望道在简陋的老宅柴屋里埋头翻译着《共产党宣言》，时不时触景生情皱起眉头，时不时又微微一笑。隐隐约约地，远处传来公鸡的啼鸣声，天快亮了……又是一个不眠之夜，陈望道搁下手中的笔，舒展一下筋骨，用双手搓着脸，走出柴房。昨夜的雨雪已经过去，整个世界清亮如洗。太阳在东边的山坳下蓄势待发。

雪后初晴，一个充满光芒的日子。

想起夜晚又攻克了几个翻译的难题，陈望道心里宽松不少，这个翻译稿催得急，让他不敢有一丝懈怠。

分水塘村是陈家的祖居地，这儿的山山水水哺育了陈氏家族。1891 年 1 月 18 日（清光绪十六年农历腊月初九）陈望道在分水塘村呱呱坠地，并在此度过了他的童年。

6 岁时，陈望道背起书包到村上的私塾里，跟随张老先生攻读四书五经。他自幼勤奋好学，聪颖异常，求学时有一目十行的记忆力和理解力。在课堂上，老先生每当发现他的注意力不十分集中，似乎在思考着别的什么问题时，就要向他提问，喊他站起来回答问题。奇怪的是他总能对答如流。这种一心二用的"高超水平"，使张老先生十分惊讶。每逢考试，别的学生忙于复习功课，他却一如往常，照样玩耍或干其他事情。家人问他何以如此，他随口回答说，读书要靠平时，岂能临时抱佛脚，搞突击。他的成绩年年名列前茅，在各门功课中，他尤其擅长写作，作文本上，常常布满先生用红笔画出的表示赞许的圈圈。

儿时的望道最喜欢到山坡上去玩耍。开春，自家的山上和宅前屋后一根根春笋争先恐后地冒出来，在他眼里，那是家中一笔重要的收成。

有一天，他正在山坡上玩耍，看见一个村民偷偷到他们家的山上来挖笋。他想追出去制止，母亲却劝阻他不要去追赶，告诉他，也许他们是生活所迫，不得已而如此，挖就挖吧，就当我们送他们就是了，不必去追回来。

陈望道的母亲张翠婳，有着早年中国农村妇女共同的美德：她乐善好施，信奉儒家思想，对弱者具有极强的同情心。逢年过节，总是慷慨解囊，接济四周乡邻；遇上荒年，她更是倾其所有帮助乡邻渡过难关。这样一种言传身教的教育方式，在陈望道儿时的心田里播下了善良的种子。

张翠婳从来不打骂自己的孩子，她厌恶棍棒教育，甚至不能容忍别人责打孩了，她一生与世无争，宽厚待人，无论在家族中还是在邻里间，都有极好的人缘。她要求子女课余必须坚持参加田间的各种劳动，她经常督促他们说："你们若不参加劳动，就连粮食是从天上掉下来还是地里长出来这样一个简单的道理都不懂。"母亲身上的种种美德，深深影响了陈望道幼时的成长道路。

陈望道的父亲陈君元虽是农民出身，识字不多，但早年曾考过武秀才，当过乡绅士，所以在村上有较高的威望。陈君元弟兄五人，他排行第二，因伯父陈孟坡膝下无子，自幼过继给伯父做嗣子。孟坡老先生去世后，陈君元继承了祖业，学会了销售靛青染料。在农闲时节，打些靛青，出售给街坊邻里，贴补家用，这在当地是一项极为普遍的副业。在上年里，村上其他人家打出来的靛青，由于种种原因一时销不出去，但又急于脱手，他便将染料全部收购下来，待到来年开春后再销售出去，就能卖个好价钱。如此经营多年，颇积攒了些家产。平日依然以务农为生，遇上农忙时节，田地自家人种不过来就雇上一两个长工。如此克勤克俭操持多年，家道渐渐殷实，于是购田置屋，成了村上的一户小康人家。

陈君元受清末维新思想的影响，颇能顺应时代潮流，他并不祈求儿孙留在身边替他经营这份家业。相反，他变卖了田地将儿女一个个送到县城去读书深造。他非常相信读书有价值，他常对儿女们说：书读在肚里，大水冲不去，大火烧不掉，强盗抢不走，无论走到哪里都管用。

他不仅将三个儿子送出去上大学，还把两个女儿也送到县城女子学校去读书。为此，曾惹得村上一些思想守旧的人非议。村人取笑他嫌"三个儿子读书读不穷，还要把两个女孩子送出去读书"。对于乡亲们的这些议论，陈君元全然不予理会，从来不曾动摇自己的决定。

二

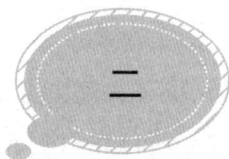

　　在父亲的影响下，陈望道课余除了参加田间劳动外，还随拳师学习拳术、练习武艺。他说，自己学习拳术的目的，一是健身，二是强国与兴邦。陈望道在青少年时代就早早立下了报国之志。随着年岁的增长，陈望道渐渐不满足于旧传统的私塾教育方式和内容，渴望获得新的知识。于是在 16 岁那年离开分水塘村，到义乌县城进了绣湖书院学习。

　　绣湖书院建于清乾隆四十二年（1777）间，书院背山面水，景色宜人。在学习期间，陈望道非常关心政治，对国家的兴盛与衰亡，民族的前途和命运，表现出深深的关切和忧虑。然而他在绣湖书院仅宿学了一年，就回到了家乡。因为这时候，他开始醒悟到"要使国家强盛起来首先要破除迷信和开发民智"。回到农村后，他便与村上一些志同道合的青年一起兴办村学，招募村童入学。他想通过这种教育方式来达到拯救国家的目的。这种"教育救国"的思想，在当时的许多爱国青年中普遍存在。因为他们深信，封建迷信是套在民众身上的一条精神枷锁，要使千百万民众觉醒，就必须通过教育，让大家起来砸碎这条千年锁链。

　　为了接受更多的新思想，陈望道又进入金华府立中学堂学习。从小小的义乌县城来到金华，陈望道感觉一切都很新奇。

此时他幻想走实业兴国的道路，每逢听到哪里有开办铁路的消息就非常兴奋。几年后，他意识到"要兴办实业，富国强民，就要信重欧美的科学"，突然感到自己生活的世界外面还有一个更辽阔的天地，他必须去看看。他是那样地向往外面的世界，遂萌生了赴欧美或者日本留学的念头。于是陈望道回家与父亲商议此事，陈君元想到留学就要"大洋一畚箕一畚箕地往外倒"，感到十分为难，迟迟不肯答应。陈望道起先并不言语，只将李白《将进酒》中的"天生我材必有用，千金散尽还复来"两句诗，抄录了贴在墙上。父子二人如此僵持数日之后，父亲开始有些动摇。于是陈望道就继续做父亲的思想工作，并一再表明"自己愿做一个无产者，将来决不要家中的一分田地和房产"，父亲见他确有志气和抱负，考虑再三，终于答应他的要求。

1915 年初，陈望道义无反顾地告别了家乡的亲人，只身东渡日本留学。他先后在早稻田大学、东洋大学及中央大学等校学习。与此同时，他还到日本东京物理夜校学习。

在留日四年半的时间里，他刻苦攻读，以惊人的毅力先后完成了法律、经济、物理、数学、哲学、文学等多学科的修习，最后毕业于中央大学法科，获得法学学士学位。

陈君元是个好父亲，他竭尽全力地培养子女成才，让他们去实现自己的理想。但是，对于一个像他那样的普通劳动人民来说，他深感家中钱财来之不易。陈望道赴日留学后，每当向日本汇出一笔钱款时，他都会忍不住偷偷抹眼泪。此后，为了资助陈望道赴日留学，家里变卖了许多祖传田产。

1915 年，陈望道赴日留学的这一年，正是中华民国宣告成立的第四年，也就是在这年，大卖国贼袁世凯窃取了辛亥革命的果实，建立了封建、买办阶级专政的军阀政权。袁世凯政府实行独裁卖国政策，比起清王朝有过之而无不及。袁世凯不顾全国国民的强烈反对，公然接受日本提出的"二十一条"卖国条约，以换取日本对他复辟帝制的支持。

祖国的命运牵动着在海外求学的千百颗爱国青年的心。消息传到日本，当时的留日学生个个义愤填膺，并立即行动起来，组织各种爱国运动，陈望道也与留日同学一起参加抗议行动，反对袁世凯接受日本的"二十一条"卖国条约。

1917年，俄国"十月革命"的成功震撼了世界，也给一切被压迫的民族送来了马克思主义。俄国革命胜利的喜讯，迅速传至日本，立刻在当地产生了巨大的影响。早在留日期间，陈望道就结识了日本著名进步学者、早期马克思主义研究的先驱者河上肇、山川均等人，阅读了他们翻译介绍的马克思主义书籍和文章，很快接受了新思潮的影响，并逐渐认识到"救国不单纯是兴办实业，还必须进行社会革命"。

河上肇当时正在日本京都帝国大学经济学部担任教授，同时在早稻田大学兼任教授，先后发表《经济根本概念》《时势之变》《经济与人生》《贫乏物语》等著作。其中尤以"十月革命"那一年出版的《贫乏物语》影响最大。

山川均则长期在日本从事社会主义运动，并担任过《平民新闻》的编辑。1916年，他在东京组织卖文社，担任《新社会》的编辑。

在他们的影响下，陈望道思想出现飞跃，开始在激进的民主主义思想中产生社会主义的萌芽。他曾在《自述》中说："我是在农村读国文，绣湖学数学，金华攻理化，之江习外语，到了日本，则几乎从自然科学到社会科学无不涉猎。"后来，他终于从"一时泛览无所归，转而逐渐形成以中国语文为中心的社会科学为自己的专业"。

　　陈望道在日本留学的这段生活，对他的一生来说是一个重要的人生转折点。国际和国内革命斗争的现实，俄国"十月革命"成功的经验与"辛亥革命"失败的教训，深刻教育了他。也就是在这个时候，他决定将原名"陈参一"改为"陈望道"，寄望为国家谋求新生的道路。"望道"二字的含义是："望"，原有展望以及寻找和探索的意思；"道"，亦即道路，它还含有法则、道德的意思。"望道"二字合起来即为探索、展望、寻找新的道德、新的法则、新的革命之路。他在《扰乱与进化》中写道："凡事从一境进入他境，必有一番扰乱，一番凄楚。而此扰乱凄楚，不过外面现象；其内面则实为进步，进化其物也。世人欲离扰乱而求进化，此真无异缘木求鱼。其愚非吾辈可及。"

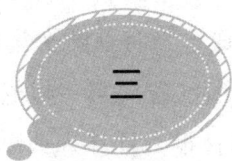

三

　　1919 年，五四运动爆发。火烧赵家楼后，五四运动进入了高潮。正在日本的陈望道于同年 7 月初返回祖国，成为五四新文化运动的积极推动者。这年秋季开学，陈望道正式受聘于浙江省立第一师范学校任国文教员。他到校后立即与"一师"其他进步教员一起配合校长经亨颐,以学校为大本营,投身于轰轰烈烈的反帝反封建的新文化运动。

此时正是浙江新文化运动蓬勃发展之时,当时的北洋军阀政府十分恼怒,拼命加以扼制。不久,"一师"学生施存统在语文老师陈望道的指导下写了《非孝》一文,发表在《浙江新潮》第2期上,在浙江教育界引起轩然大波。当局以此为由,责令校长开除《非孝》作者,并将陈望道等四名语文教员予以停职查办处理,校长经亨颐对省教育厅的查办令进行了坚决抵制。后来当局又下令撤换"一师"校长、改组学校。面对反动当局的高压手段,"一师"全体师生和杭州其他学校师生联合起来进行斗争,从而引发了全国学生运动最突出的事件之一"一师风潮"。"一师风潮"虽然最后由于学生的团结取得了胜利,但是正如鲁迅先生所说:"看来经子渊、陈望道他们在杭州的这碗饭难吃了……不过这一仗,总算打胜了。"

这次运动更让陈望道感到新事物成长的道路往往是曲折的,要经过长期的艰苦奋斗才能取得成功。作为"一师风潮"的中心人物之一,陈望道成了当时全国文化教育界的风云人物。

1920年2月初,从浙江省立第一师范学校愤然离职不久的陈望道忽然接到《民国日报》社经理兼副刊《觉悟》主编邵力子的来信。邵力子在信里称,戴季陶约请陈望道为《星期评论》周刊翻译《共产党宣言》。当时,由于精通日语、英语,又有出色国文功底和马克思主义学识,29岁的陈望道被认为是翻译《共产党宣言》的最佳人选。"这真是天赐良机!若译出《共产党宣言》，对于传播马克思主义岂不是大有裨益？"打定主意，陈望道赶忙提笔给邵力子复信。不多时，上海方面捎给他一本日文版《共产党宣言》和李大钊从北大图书馆借来的英文版《共产党宣言》，作为翻译底本。陈望道当仁不让接下了这个重任。

这不，陈望道接到任务就马不停蹄回到了老家分水塘村，他觉得只有在这种与世隔绝的小山村，才能够完全静下心来，全力以赴翻译《共产党宣言》。

此刻，陈望道舒展舒展筋骨，抬头望着远山，朝阳正从东方喷吐而出，所有的一切在晨光下慢慢变得清晰起来……

他回来已经有些时日了，但几乎足不出户，每天就在柴房里埋头翻译，一日三餐都由母亲张翠婉做好了拎着篮子送过来。

他站在柴门前，心想现在世道混乱，村民们生活艰难，很多人家的光景已经临近崩溃，吃了上顿没下顿，像他这样能够外出学习就业的，已经算是小村最幸福的人了，更多村民一个字都不认识，从来没有读过书；还有一些因为没有钱，读了小学就要担起家庭生活的重担，再也没有机会去外面接受教育，他们只能和祖辈一样在土地上耕耘，但是因为骨子里穷，年年劳作年年短缺，反而一年比一年穷，甚至看不到好转的希望。村民们朴实敦厚，日复一日、年复一年地操持生计，但最终还是吃不饱穿不暖。那中国农村的希望在哪里？中国的发展道路在哪里？什么时候中国的乡村才能走上人人富裕的道路？这是他经常思考的问题，但他也知道这不仅要社会的发展进步，还要开启民智，提高他们的素质。

家中的这间柴屋因经年失修早已破陋不堪，山区早春的天气依然寒冷，尤其是到了夜晚，刺骨的寒风不时透过四壁缝隙向屋内袭来，冻得他手足发麻。柴屋里只安置了几件简单的用具，一块铺板和两条长凳，既当书桌又当床。连日来，陈望道专心致志埋头译书，一盏昏暗的煤油灯，伴随他送走一个个漫漫长夜，迎来一个个绚烂黎明。

柴房采光不好，为了方便儿子看书，张翠婳用了两根灯芯，懂事的陈望道过意不去："我这么多年不在家，没有好好孝敬父母，现在反过来，还要父母照顾我，给家里增加负担。"为了节省家里的开支，陈望道把两根灯芯掐灭了一根……

母亲见他夜以继日地埋头工作，身体日渐消瘦，极为心疼。怕他冷，每天晚上都要给他抱一个火笼子过来，暖脚又暖手。为了给他补补身子，母亲特地设法弄来些糯米，包了粽子。她心想儿子在外这么多年，肯定很久没有吃到家乡的粽子了。心心念念给他端了一碟过来，旁边还放了一小碗红糖让他蘸蘸吃。"粽子是刚出锅的，快趁热吃。"母亲叮嘱着，陈望道"嗯"了一声，仍然在低头写字。

不一会，母亲去收拾碗碟，疼爱地问："粽子吃了吗？甜不甜？"陈望道心里正想着一个翻译的句子，头也没抬地说："吃了，吃了，甜极了。"

母亲走近了，却看到陈望道满嘴黑不溜秋的，吓了一跳："你嘴巴怎么黑乎乎的？"陈望道说："黑乎乎吗？我怎么不知道。"他边说边用手抹了一下嘴巴，才发现手上都是黑黑的墨水，他不好意思地笑了，恍然大悟："哈哈，是我不小心蘸粽子时蘸错了，您叫我蘸红糖，我蘸到墨水里去了，无意中把墨水吃进去了。"

母亲听了直摇头，事后和村里人说："哎呀，我这个儿子啊，读书读没用了，红糖、墨水都分不清，粽子蘸着墨水吃，还说甜极了。"她哪里知道儿子不是读书读傻了，而是全神贯注地译作，吃粽子时全然不知蘸的是什么，一门心思沉浸在《共产党宣言》的翻译中。

2012年11月29日，习近平总书记在参观《复兴之路》展览时提到了陈望道"蘸着墨汁吃粽子，还说味道很甜"的故事——"这人是谁呢，就是陈望道，他当时在浙江义乌的家里，就是写这本书。于是由此就说了一句话：真理的味道非常甜。"

分水塘村的春天悄无声息地来了，先是水面轻轻漾开清澈的湖光，然后是杏花盛开、李花满枝。山林仿佛一夜之间换了新装，全变得水灵灵、崭崭新。脆生生的绿色爬满了房前屋后松软的土地，让人感觉整个天地都在"噌噌噌"往上生长。

随着春天的到来，陈望道书桌上的书稿越来越厚。1920年4月，陈望道费了平时译书的五倍工夫，终于完成了《共产党宣言》的翻译。当他轻轻地合上书卷，眼前轰然展开的是17岁就开始寻找的救国道路和充满真理甘甜味道的终生信仰。

四

《共产党宣言》是国际共产主义运动的第一个纲领性文

件,含有极其丰富和深刻的思想内容,文字也极为优美、精练,虽只有两万多字,但要译好极不容易,要做到文字的传神就更不容易了。恩格斯自己也曾说过:"翻译《宣言》是异常困难的……"陈望道当时的翻译工作是在极少拥有参考资料的情况下进行的,在翻译过程中不知攻克了多少难关。陈望道深知这本小册子对于中国革命道路的重要性,自从接到这一任务以来,一天都不敢松懈,终于在分水塘村的这间柴房里圆满地完成了任务。

马克思主义的第一部中文译稿诞生了!

1920年8月,《共产党宣言》中译本被上海社会主义研究社列为社会主义研究小丛书的第一种,首次正式出版。出版前曾由陈独秀和李汉俊两人做了校阅。

此书一经出版立即受到工人阶级和先进知识分子的热忱欢迎,反响极为强烈。初版仅印了千余本,很快销售一空。许多未买到书的读者纷纷投书到出版发行机构,询问《共产党宣言》发行情况。原《星期评论》的编辑为了配合马克思主义的宣传,很快又在同年9月重印了一次。1921年9月,党在上海成立了人民出版社,在刊出的马克思全书的目录中,《共产党宣言》又获重印。第一次国内革命战争时期,单是平民书社就将此书重印了10次。到1926年5月,已经是第17版了。北伐战争时期,军内曾散发此书,做到人手一册。在人类历史上,有的思想如同流星般一闪即逝,而有的思想却像恒星一样熠熠生辉。

《共产党宣言》的问世是人类思想史上的一个伟大事件,《共产党宣言》中文全译本的问世是中国共产党建党史上的一个伟大事件。

　　作为《共产党宣言》的第一个中文译本，它对于宣传马克思主义，推动社会主义运动在中国的蓬勃发展，起到了非常重要的作用，同时也为中国共产党的创立奠定了思想基础。许许多多具有激进民主主义思想的革命青年，在它的影响下，逐步树立起对马克思主义的坚定信念，成长为坚定的共产主义信仰者。回望当年层出不穷的各种宣言，能够穿越历史烟云至今仍可以被我们这个时代知晓的为数很少，能够对我们这个时代产生某种程度影响的，更是凤毛麟角，能够依然照耀我们这个时代，为我们提供信仰和理论引领的，唯有《共产党宣言》。其被翻译成 200 多种文字，在马克思主义传播史上发挥了其他经典难以媲美的巨大作用。

　　毛泽东同志在 1936 年对斯诺说过这样的话："有三本书特别深刻地铭刻在我的心中，建立起我对马克思主义的信仰。我一旦接受了马克思主义对历史的正确解释以后，我对马克思主义的信仰就没有动摇过。这三本书是：《共产党宣言》，陈望道译，这是用中文出的第一本马克思主义的书；《阶级斗争》，考茨基著；《社会主义史》，柯卡普著。"

　　1941 年 9 月，毛泽东同志在《关于农村调查》一文中也讲过："记得我在一九二〇年，第一次看了考茨基著的《阶级斗争》，陈望道翻译的《共产党宣言》和一个英国人作的《社会主义史》，我才知道人类自有史以来，就有阶级斗争，阶级斗争是社会发展的原动力，初步地得到认识问题的方法论。"

　　当年，陈望道特地把这本翻译的《共产党宣言》寄赠给鲁迅。鲁迅在收到书后的当天就翻阅了一遍，并赞扬陈望道做了一件好事。他说："望道在杭州大闹了一阵之后，这次埋头苦干，把这本书译出来，对中国做了一件好事。"

《共产党宣言》中译本的传播，使马克思主义的敌人大为惊慌，他们千方百计地进行阻挠和破坏。在当时的反动统治下，马克思主义书籍是禁书，译者陈望道也因此一再受到迫害。尤其是"四一二"事变之后，"《共产党宣言》译者"的头衔，已成为敌人对他进行迫害的一顶帽子。但是，"马克思主义是真理，真理总是不胫而走的……真理是在无声地前进，没有办法阻挡马克思主义的发展和胜利"。《共产党宣言》一再翻印，广为传播，就充分说明了这一点。

1920 年 9 月，从上海回到湖南长沙的毛泽东，在其与何叔衡等人创办的文化书社里秘密销售《共产党宣言》等进步书籍，年底，两人组织部分新民学会的成员成立了共产主义小组。1921 年，陈望道参与了上海共产主义小组的创建，为中国共产党上海发起组的成员，1921 年底被选为中国共产党上海地方委员会第一任书记，为上海地方党组织的早期领导人之一。后因对陈独秀家长制领导作风不满，愤而提出脱离组织的请求。从这以后，陈望道虽然暂时离开党的组织，但对党组织所交予的各项任务，仍一如既往努力去完成，从不顾及环境多么险峻，道路多么艰辛。1927 年大革命失败后，陈望道出任上海中华艺术大学校长，开始从事革命的教育工作，先后在上海大学、复旦大学和安徽大学等多所大学任教，并出版和翻译《修辞学发凡》《作文法讲义》《美学概论》等多部著作。

正是陈望道和无数马克思主义者对真理的共同坚守，最终换来了一个崭新的时代。1949 年新中国成立后，陈望道历任华东军政委员会文化部部长、高等教育局局长，复旦大学校长，中国科学院哲学社会科学部委员，政协上海市委员会副主席，中国民主同盟中央委员会副主席，中国人民政治协商会议全国委员会常委等职。周恩来曾对陈望道说："我们都是您教育出来的。"

"共谋人类幸福，共进光明世界，交臂携手，一共跳舞。"这正是陈望道一生所热烈渴望和追求的。

历史事实证明，作为国内第一部汉译马克思主义经典著作，陈望道翻译的《共产党宣言》对于马克思主义在中国的传播起到了积极推动作用，为中国共产党的创立和党的早期理论建设奠定了思想基础。中国共产党正是在马克思主义真理的滋养下，在华夏大地上孕育出甘甜的果实。

1921 年 7 月 1 日，中国共产党的诞生，犹如一道曙光划破夜空，在东方闪烁，中国革命史从此翻开了崭新的一页。

从此中国大地上有了一个闪光的名字——中国共产党！

从此中国工人阶级有了自己的先锋队——中国共产党！

从此中华民族有了自己的脊梁——中国共产党！

从此，共产主义信仰犹如沙漠上的一片绿洲、黑夜里的一盏明灯，激励着无数仁人志士为了人民的利益而前仆后继，奋勇前进！

从上海的小楼到南湖启航，她引领着革命的正确方向；从南昌的枪声到巍巍井冈山，她壮大着人民的武装力量；从宝塔山的晨曦到新中国的成立，她迸发着耀眼的光芒……她是号角，是火焰，是希望！建党 100 年来，中国共产党带领中国各族人民艰苦卓绝地奋斗，战胜了各种艰难险阻，获得了伟大成就，迎来了祖国繁荣昌盛的新时代。

《共产党宣言》这本薄薄的小册子，成为中国共产党人信仰的起点。无数事实证明，《共产党宣言》不仅是无产阶级革命的行动纲领，而且是社会主义建设和改革的理论指南；它不仅在马克思主义发展史和社会主义运动史上影响巨大，而且对当代世界社会主义运动和中国特色社会主义事业发展具有重要的指导意义。

第二章

乡村蝶变：
真理的味道非常甜

　　我第一次到分水塘村时，分水塘村已经作为最早翻译《共产党宣言》的村子而闻名遐迩，每天有很多人慕名前来学习参观。分水塘村位于义乌市西北部的大峰山脚下，距城区 15 千米。虽然地处偏僻山区，岗峦为障，却是几个县区的交界地，村中有条山道东西可出，西通浦江、诸暨，东达金华、兰溪。

　　分水塘村四面环翠，草木繁盛。村后有一龙山岗，相传神龙自大峰山而下，伏于此。村中有一口很是神奇的水塘，名为分水塘，相传为神龙喷水济世而成，义乌、浦江的土地神争而欲得之。玉皇大帝降旨：水出东西，分润义浦。从此该塘南边缺口的水流往义乌，北边缺口的水流往浦江。"高高一池塘，滢滢三千方"，分水塘不仅水如明镜，且永不干枯。村因塘得名，千百年来都叫分水塘村。

一

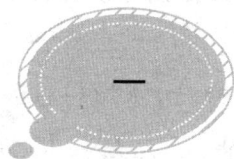

相传很久很久以前，分水塘之地是原始森林，附近只住着两户人家。一户只生育了一个儿子，另外一户只养了一个闺女，两户人家垦荒种地，自给自足，关系融洽，互帮互助。老一辈人的善良影响着青梅竹马的两个年轻人，他们相互照顾，相互体贴，渐渐产生了爱情。双方老人也有意让年轻人结成连理，只是还没有正式举办婚礼。闺女很孝顺，两家人的衣服全是她拿到分水塘去洗；男青年很勤快，两家的重活他抢着干。

分水塘深不见底，男方父母担心未过门的媳妇有什么闪失，每逢女孩去洗衣服，总是叫儿子放下手中之活，去陪她洗涤。女子在石头上面搓刷衣服，男子就把搓刷完的衣服在水中漂洗。一对鸳鸯双双沉浸在无比的幸福之中。

天有不测风云，人有旦夕祸福。有一天，男青年挑柴下山到集镇去卖。晌午返回家时，父母急不可耐地告诉他，闺女去分水塘洗衣已很久未回。男青年闻听，大吃一惊，向分水塘狂奔而去。到达现场一看，石头上放着几件搓好的衣服，放眼往塘中望去，水面上还漂浮着一件衣服。男青年已知大事不妙，毫不犹豫地扑入塘中，下水救人。可让人伤心的是，不仅闺女没救上来，男青年也因精疲力竭，潜入水底再也没有浮上来。

说也奇怪，从此，分水塘出现了两条尾巴有红印的鱼。传说这鱼是青年男女变的，他们保佑着村中的池塘秀美清澈，村庄年年风调雨顺。

时光轮回，岁月沧桑。分水塘村目前共有 350 户 1257 人，党员 48 人，村民代表 58 人。这是一个远离义乌城区的普通小山村，如果不是因为陈望道在此翻译了《共产党宣言》，它可能依然在大山深处静默着。可如今，陈望道故居先后被评为全国重点文保单位、省级社科普及基地、省级爱国主义教育基地、省直机关党员主题教育基地，引进了浙江大学、浙江农林大学等高校优势教学资源。仅 2019 年，分水塘村接待游客人数就超过 18 万人次，接待团队 917 批，同比增加 62%。借助独特的红色资源和丰富的山水景观，义乌市城西街道规划的总面积 24.2 平方千米的"望道信仰线"应运而生。

义乌市城西街道党工委书记陈惠宇说："党的十八大后，习近平总书记多次提到义乌，点赞和关注的元素大多与城西有关。他多次在不同场合提到陈望道《共产党宣言》和'义新欧'中欧班列。城西是个特殊的地方，它既是《共产党宣言》的首译地，又是'义新欧'中欧班列的始发站。城西有红色的革命名片、绿色的生态名片，还有金色的商贸名片。党建强村，产业富民，我们要紧抓机遇，借助社会影响力和群众关注力，不断提升'望道信仰线'建设。"

"今天我从义乌城区出发，骑自行车，花了两个多小时才到村里。"一位在义乌职业技术学院读大二的学生早就听说过"真理的味道非常甜"的故事，今天是特意过来。他发现这个村庄确实很漂亮，更重要的是他近距离感受到了"真理的味道"。

分水塘村广场前，一批外地来的共产党员正举起右手，郑重地念着入党誓词。他们说，除了重温誓词，他们还有个任务，就是前来学习取经，这里的主题教育活动可看、可听、可参与，值得借鉴。

如果说以前的分水塘村是暗淡的，那么如今的分水塘村则是明亮的。"坚守信仰，不忘初心；传承信仰，牢记使命"这16个红色大字高高矗立在水塘边，刚走到村口，就能处处感受到扑面而来的红色气息。自从分水塘村第一期"望道信仰线"建成并被评为省红色旅游特色教育基地以来，访问者络绎不绝。分水塘村还引进了"义新欧"进口商品直销中心、名特优新农产品馆等一批项目，村民们在家门口就能就业，瓜果蔬菜等农产品不出村就能售卖。

2019年新年伊始，大年初七上班第一天，金华市委书记陈龙到义乌调研，第一站就选了分水塘村，并做出了相关指示。

"这儿就是陈望道当年翻译《共产党宣言》的柴房旧址？"

"是的。"

"要把这个党史基地建设好，让党员同志多来这里接受党性教育，铭记党的发展历程，切实增强宗旨意识，时刻不忘自己是一名共产党员，牢记共产党人永远不变的初心。"

2021年是中国共产党成立100周年。习近平总书记多次讲述陈望道翻译《共产党宣言》的故事，讲信仰的味道、信仰的感召、信仰的力量。在这个节点上，义乌分水塘村的政治地位显得特别重要，金华市委书记陈龙也特别重视，亲自联系"望道信仰线"，为分水塘村的蝶变牵肠挂肚。

二

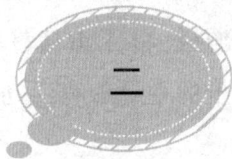

　　随着红色旅游的兴起，2018 年，村民陈光森腾空两间房，摆起四五张桌子，开了一家小饭店。"今天晚上又有二十个客人预订了我家的饭菜！"陈光森的家就在陈望道故居对面，那段日子他家的生意好得不得了。夫妇俩一大早便开始张罗着洗菜、切肉，在自家开的农家小炒店里忙得不亦乐乎。陈光森小时候曾患病开刀，腿上留下了后遗症，走路不利索，有些重活干不了，开个小饭店刚刚好。"一个客人来吃饭，哪怕是十元钱的利润，一年也能多出一两万元收入"，陈光森觉得很满足。以前，由于交通不便、环境差，几乎没有什么人会来，如今从沪昆高速公路义乌段的"望道互通"出口下高速，驱车沿着山脚的公路蜿蜒而上，便到分水塘村，交通极为方便。

　　那日我驱车去分水塘村，快到村庄时，远远看见村口的大路牌上写着"信仰之路"四个红色大字，醒目而亮丽。如今的分水塘村与往昔不一样，已经实现了从"短板"到"样板"的转型。

　　村口雪白的马头墙上写着习近平总书记的话语："学习运用《共产党宣言》，就要不忘初心、牢记使命，始终把人民放在心中最高位置，更好增进人民福祉，推动人的全面发展、社会全面进步。"墙上还画了一艘红船，红船上方用红色大字写着

"干在实处永无止境，走在前列要谋新篇，勇立潮头方显担当"。

村口的宣传栏里也用红色的字写着"和美乡村七个一"：

　　一个科学合理的村庄规划

　　一条干净生态的河流或一座绿色秀美的青山

　　一片耕作高效的良田和无违建的村容村貌

　　一个和谐的民风习俗

　　一个健全的垃圾和污水收集机制

　　一条可持续的村级集体经济发展路子和富民产业

　　一个有战斗力的村级班子

宣传栏里罗列了最近要做的工作，下面有一个个立状人的签名——陈仕杰、张跃林、陈卫强、张慧芳、张永生，村干部承诺任职期内要共同协助完成上级和村民交办的任务。还有"党员干部五（吾）带头"、监督岗和军令状，农村党员十二分制管理，党员每月积分情况公布。旁边的橱窗里展示着分水塘村歌——《红土地绿家园》，此歌村里人人会唱：

　　大峰山下龙山岗，

　　龙山岗下分水塘，

　　两股碧水走东西，

　　四面青山抱村庄。

　　悠悠山路走出陈望道，

　　柴门灯火照亮了世界东方，

红土地啊绿家园，

柴门灯火照亮了世界东方……

"走村不漏户、户户见干部"，分水塘村党支部书记陈仕杰说话做事风风火火，因为太忙了，经常和我聊不到几句，就转身去处理另一件事情，等处理好了事情，回来又和我接着聊。他说，不好意思，实在是太忙了，我们现在为了切实转变工作作风、培养锻炼干部，要求用脚步丈量民情，以真心服务群众。

"一个党员就是一面旗帜，我们要求全村党员亮身份，自我加压，以'党建＋单元'作战模式，建立了以党员为指挥长的32 个三级作战单元，建立微信塔群，把党的政策和村中的大事及时宣传到每一个农户。进农家门、说农家话、办农家事、解农家忧，我们以这个平台推动工作落实，让群众得到实惠。通过深入基层和走访群众，倾听基层所思所想，了解群众所需所盼，切实帮助村民解决实际困难。"陈仕杰一边说一边脸上不知不觉露出了笑容，此时此刻他内心是自信的，浑身充满了力量，他相信所有的付出会慢慢得到回报，他相信分水塘村的明天会越来越美好。

"为了改变村庄的面貌，近年来，分水塘村狠抓了几件大事：做好望道故居保护项目第三期涉及的房屋拆除工作、望道品牌开发、美丽庭院建设、产业引入、文体广场建设、综治中心建设、居家养老中心规范化、房屋外立面翻新、亮化工程建设……"陈仕杰扳着手指头，一口气说出村里所做的工作。下一步，村里还将进一步推动红色文化传承，建好望道红色培训学校，配合街道完善村党群服务中心建设，做好涉及拆迁农户的安置工作，全面完成田园整治项目……

"以前有的村干部不为民办事，群众意见很大，我曾经分管信访工作，对此深有体会。"义乌市城西街道党工委副书记陈资彩介绍，"我们通过'先干事再选人'，选出了分水塘村新一届带头人。通过承诺一件完成一件，一边干事一边创业，村干部精气神上来了，群众比较认可，干群关系比以前有了根本性好转。"

湖南姑娘小胥是在俄罗斯留学的大学生，2020年因为疫情无法按时开学，推迟了返俄计划。于是，她来到分水塘村一家叫"山水灵阁"的农家民宿休整。清晨，民宿的主人陈根申会带着她去山里田间采摘野菜，自己动手烧菜做饭，体验山水农家的乐趣。午后，步行数百米就到了陈望道故居，小胥站在"柴屋译书"的场景前，仿佛回到了当年的岁月，感触良多："没想到《共产党宣言》的中译本是从这个小柴房里诞生的，真是出乎我的意料。"

陈根申是"80后"党员，土生土长的分水塘人，在义乌市政府提出打造十条美丽乡村精品线的那年，他从外地回村创业，开办了"山水灵阁"。随着家乡日新月异的变化，"山水灵阁"从原来单纯的餐饮拓展到了菌菇种植、私厨外卖、农家民宿等业务，生意做得风生水起。"经常有游客组团来住宿，但我家只有五个房间，安排不过来。"陈根申说。

几年前，有着敏锐经营头脑的陈根申，顺利注册了"望道"牌商标，覆盖了粽子等食品，还对接优势红糖厂推出了"望道系列"红色主题食品。"今年上线的有'望道粽''望道年糕''望道米粉干''望道寻味'系列糕点,以品牌托管运作的方式,将本地的一些优质农特产品,以'望道匠心'概念打造成义乌继'鸡毛换糖'后的新 IP 文化农特伴手礼。"陈根申告诉我,受疫情影响,民宿刚刚恢复营业不久,但客人络绎不绝,店里主打的养生菌菇土鸡煲很抢手。很多客人听完"真理的味道"的故事后,还会带些粽子和红糖回去。下一步,他打算整理出一间多功能茶室,修建一个小的娱乐区和公共休闲区。这样的话,夏天旺季到来的时候,客人就可以进行故居游览、品茶、户外电影、夜间篝火、爬山、水果采摘等多种活动。

陈根申与陈望道同祖同根,陈望道从小就是他的偶像和榜样,进入大学后,他追随望道精神,刻苦学习拿下了双文凭。"我父亲是苦过来的人,对共产党有着深厚的感情,对我要求非常严格,读书的时候就要求我一定要入党。我也积极向党组织靠拢,在大学里就成了一名光荣的学生党员。"陈根申思索了一会儿说,"在分水塘村,我每天接受陈望道精神的熏陶。我的党龄有十二年了,信仰对我来说就是一种坚守,在农村创业就要带领广大村民共同致富,坚守初心,坚守匠心,认定一件事坚持不懈去做,才会有成绩,做农特产品也一样。"

创业风险重重,陈根申像当年陈望道翻译《共产党宣言》一样,耐住了寂寞,经受了磨炼。前两天,陈根申兴奋地告诉我,一批来自义乌苏溪的老外过来参观了陈望道故居,摘草莓、爬山,玩得特别开心,那一天他们的营业额达到两万元。

看着村中产业渐渐丰富,陈仕杰感慨地说:"以前有上海游客慕名来寻找陈望道故居，但村里没有接待设施，来村里的游客都无法留下来吃饭住宿。现在好了，村里的民宿和农家乐陆续办起来了。"

是啊，一开始，村民都持观望态度，是村中党员陈群带头开起了第一家农家乐。因为分水塘村得天独厚的红色资源，搞红色旅游有优势，村民们慢慢看到发展的前景，紧接着纷纷效仿。如今陈群是分水塘村旅游公司总经理，正一心一意为村里的红色旅游发展出谋划策。

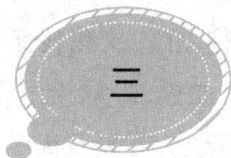

三

陈望道故居的老房子基本保持原样不变，门前挺立着一丛四季常青的翠竹，身姿挺拔，节节向上，仿佛象征着陈望道正直、质朴的品格和积极向上、不屈不挠的精神。

陈望道故居是一幢建于清宣统年间的庭院建筑，砖木结构，坐北朝南，呈"凹"字形布局。一进五开间，前设弄堂，左右各两间厢房，中间是一个小天井，天井用条石铺地。南面山墙为一字形照壁，照墙上开石库门，上方横匾题"桂馥兰馨"，门外立一通小影壁。宅前有个小花园，园路铺着鹅卵石。

原先故居内有"陈望道生平事迹展"，用大量的珍贵图片和文字资料，展示了陈望道光辉的一生，还有各种版本的《共产党宣言》，现在都移到了新落成的望道纪念馆里。西厢房西面原有柴房一间，后不小心失火被毁，现在的柴房是按照当年原样修复的，这就是陈望道首译《共产党宣言》的地方。虽然柴房曾失火被毁，但陈望道翻译的经典著作，却为中国革命"盗取"了"天火"，照亮了无数志士勇往直前的道路。

从村口到宣言广场，不足一千米的路程，全用红色元素打造得无比亮堂，家家户户门前走廊都悬挂着鲜艳的五星红旗，特别有"红色信仰村"的味道。

我到村里的那天，复旦大学中文系第二党支部的学生和老师正在这里进行红色走读教育。在分水塘村，师生们系统了解陈望道的求学之路、信仰之路、文化教育之路。随后，党员师生在党旗下庄严重温了入党誓词。硕士生方璐说："陈望道先生是一位优秀的学者、教育家，在复旦大学曾先后担任中文系主任、校长，毕生从事文化教育和语文研究工作，著有《修辞学发凡》等一系列语言学著作，开创了我国修辞学的科学体系。对于我们复旦大学中文系的师生而言，学习陈望道先生，就是要学习他为党奋斗终生、信仰共产主义的红色精神。我们到陈望道故居参观学习，真切感受到了义乌乡村在改革开放进程中的巨大变化。回去后更要博学笃志，为国奋斗，努力成才。"复旦大学中文系的带队老师许亚云告诉我，参观结束后，他们还要开座谈会，进一步挖掘弘扬陈望道精神。

村中有一座高大的房子，门上贴着一副极有意味的对联"瞻望道心甜前行，品红糖嘴甜请进"，横批是"甜上加甜"。旁侧的窗沿上还有一句广告语："甜在嘴里，红在心中。"我往里走的时候正遇见从外地来的一家三口手牵着手，买好了红糖、玩

具等纪念品往外走,脸上洋溢着花一般的笑容。小女孩抬头问:
"爸爸,我们下次再来,好不好?"爸爸牵着她的小手,乐呵呵
地说:"好,好,只要你喜欢,下次一定再来。"

"这个拨浪鼓有意思,买一个带回去。"我走进望道红色主
题邮局时,几位外地游客正在买拨浪鼓和"鸡毛换糖"纪念品。
一位游客说:"义乌现在富了,但不能忘本。""来到这里,我就
想在望道红色主题邮局写封信,加盖红色邮戳,寄给读高中的
儿子,让他也了解了解红色文化,品尝信仰的味道。"正在寄信
的游客陈先生说。

望道红色主题邮局确实名副其实,所有的布置都紧紧围绕
着红色宣传,《陈望道全集》《信仰的味道》《历史的选择》《廉
洁从政》《国有企业党的建设》《做人民满意的公务员》,一本
本书整齐摆放在书柜上,前面是大幅标语"不忘初心,牢记使
命",旁边的货架上插着一面面小红旗,货架上面的标语是"永
远跟党走"……满满的全是红色正能量。

望道红色主题邮局工作人员王理澜说:"原先这片都是破
烂的旧房子,现在规划整治后,变得崭新。以前我只在家里带
孩子,没有一点收入,现在在家门口既能上班赚钱又可以照顾
孩子,真的很满足。"她笑容灿烂,对进店的每一个顾客都热情
洋溢。她告诉我,每逢节假日,这里就会人头攒动,因为望道红
色主题邮局处在景区必经之路上,游客路过都会来店里逛逛。
除了承接邮政业务,他们还特别设立了义乌土特产展销区。游
客们买了土特产后马上可以帮他们快递回家,既方便又快捷,
很受游客欢迎。

　　我看到货架上有 2020 年 8 月 22 日发行的《共产党宣言》中文全译本出版 100 周年纪念邮票、首发纪念封和陈望道明信片，每个纪念封上还有陈望道儿子陈振新的签名，挺有意义，于是各买了一套。

　　"这样的小山村里居然能买到'义新欧'班列上最时尚的进口物品，真是太意外了。"一位从安徽来的客人正在村"义新欧"直销中心货架上仔细挑选自己喜爱的巧克力和红酒，然后通过微信扫码支付，"义乌的发展太快了，这么偏僻的小村都能走在时尚前沿，村子这么干净、整洁、美丽，我们来了就不想走。"

　　农村电商服务中心大学生创业孵化基地田园集市位于村中心，货架上的物品琳琅满目，香榧、苦荞麦、咸鸭蛋、野鸡蛋，少说也有五六十种。村里还有米烙坊、打铁铺、"非遗"木刻版画工作室等，这些真实可触摸的乡村民俗体验，为游客创造了"可带走的记忆"。

　　"分水塘村的变化可用日新月异来形容。"驻扎在村内的义乌市陆港集团旅游发展公司执行董事、总经理方云龙说。

　　可有谁知道，这些美丽的景象后面是多少人日日夜夜的辛勤付出和不懈努力。

　　张五弟是分水塘村老书记，家中排行老五。他家房子在分水塘村的最北边。

　　"我的房子位置这么好，开始时真不想拆。听说要拆我家房子，一天，我特意买了两条烟、一瓶酒到村两委委员那里走了走。我以为只要态度诚恳地去求一求村两委委员，也许他们就能网开一面，我的房子可以不拆迁，毕竟我是村里的老书记，他们怎么也要卖我这个老面子吧！没想到这次村里态度很坚决，说每一户都要公平、公正，老百姓要做到的，党员干部更要先做到，必须严格按政策处理。我知道这次是动真格了。"

"我是老书记，知道支持村干部工作的重要性。不拆，村子整治就没法上档次，回去后我做通了家人的思想工作。原本想在房子里过完春节再腾空，没想村里加快了整治速度，要求春节前拆除。我就毫无怨言地租到其他村民家中去过年。"张五弟成为第二批拆迁对象中首个拆除房子的人，他不仅自己带头拆，还时常上门去做其他村民的思想工作。

水塘边一家姓张的农户对房子特别有感情，怎么说都不愿意拆迁。街道班子成员和村干部做了大量的思想工作，从外围也做了几十次工作，但是一直没有办法解决。当时整个村子都拆得差不多了，再不签下来就会影响整个项目的进度。这户人家的主人说起房子拆迁，至今心里还是舍不得。

"比我们面积大、建得比我们好的房子都开始拆了，我感觉自己要成为村里的钉子户了。我托了关系到街道去讲情，想不拆，结果街道的领导反而把我托去的人的思想工作做通了，反过来做我的思想工作。唉，要知道，当初我们花了大力气，好不容易造好了这幢房子，住了没多少时间就要拆，内心实在受不了。老婆每次都哭哭啼啼。后来看到隔壁比我们大的房子也开始拆了。我想一个人拖整个村的后腿也不好，最后还是同意了。"说这话的时候，他的眼睛里噙满了惋惜的泪水。

但是有破才有立，只有统一规划，才能让分水塘村真正"凤凰高飞，百鸟慕而随之"。十年前，分水塘村就说要整治，但一直没有动真格，这次能够拆成功，与村两委委员、党员和老书记带头是分不开的。

党员干部带头，老百姓跟上，这种螺旋式向上的工作势头恰恰是义乌城西街道新时代精神的体现。时任义乌市委常委、组织部部长何若伟充满激情地说，为什么是义乌人翻译了《共产党宣言》？为什么陈望道勇于变卖家产、田地去留学，去追求真理，成为共产党创始人之一？他身上体现的正是义乌人一脉相承的敢为天下先的奋进精神！是坚定的共产主义信念和坚韧不拔、勇往直前的革命精神！这种精神，正是今天我们党在各项工作中取得成功的有力保证。

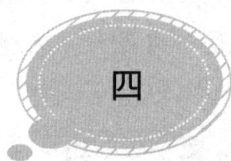

四

"千秋巨笔描绘大道，近百年来没有哪一本书能像《共产党宣言》那样如此深刻地改变中国命运，它如一盏明灯为黑暗的中国照亮了道路……"在村里看见陈华仙的时候，她正带着一个从福建来的参观团在讲解，讲的正是"真理的味道非常甜"这个故事的出处与缘由。

"我是本村人，嫁也嫁在本村，我娘家就在陈望道家隔壁。爷爷和陈望道是发小，从小爷爷就经常给我讲陈望道的故事，我听多了自然对陈望道有了更多的了解，也有了一种不一样的情感。"陈华仙是陈望道的本家堂侄女，50多岁的她原本只是该村一名普通的农妇，当过乘务员，做过幼师，2011年成为陈望道故居的管理员，2014年开始兼任故居讲解员。多年来，她一直兢兢业业、认认真真做好本职工作。

作为最早的讲解员，陈华仙见证了陈望道故居成为省级红色旅游教育基地的整个过程。"2014年，一天大概接待100人次，到了2015年和2016年，差不多义乌的每个党支部都来过我们这里，我清楚地记得2016年7月1日，我一共接待了36拨客人，1500人左右。"

"当然，现在来参观的人就更多了。"身穿白色衬衫的陈华仙脸上带着快活的笑容，"人虽然比以前累，但心里不知有多开心。我们分水塘村如今出名了。"

"有这么开心吗？"我笑着问。

陈华仙说："当然了，我做梦也没想过，我们这个穷山沟有一天会这么红火，'真理的味道非常甜'，甜到了我们村民的心坎里。"

自从"真理的味道"传遍大江南北，来故居参观、学习的游客逐年递增。陈华仙说，游客主要来自金华本地各县市，省内其他地方次之，最远的游客来自新疆，最大的一个团队有600多人。7年里，陈华仙忙时一天要带五六个团，走上万步，有时连中饭都不能按时吃。游客多了，陈华仙一个人忙不过来，就叫村里其他人来帮忙。"围绕故居，整个分水塘村里里外外都在修缮、改建。以后的分水塘，全村都有故事、有看点，讲解也将从村口开始，故居是其中一个重要点位。"

陈华仙翻开放在陈望道故居桌子上的留言簿说："你看，这些年来瞻仰陈望道故居的人这么多，很多单位都到这里上党课。2018 年参观人数达 10 万人次，2019 年参观人数超过 18 万人次，2020 年受疫情影响参观人数少了一些，但现在已经回暖，每天都有好几拨客人。"

随着络绎不绝的游客到村里观光瞻仰，村里的讲解员也从原先的陈华仙 1 人，增加到现在的 6 个专业讲解员、50 多个志愿讲解员、10 多个小小讲解员。在陈华仙眼里，如今的分水塘村早已脱胎换骨。"通过讲解，我觉得自己也脱胎换骨了，整个人的精神面貌都与以前不一样，每天精力充沛，干劲十足。习总书记说要把中国的故事讲好，对我来说，就是把我家里的故事讲好，我很愿意把家里的故事讲给外来的客人听，让他们感受到我内心的喜悦和自豪。"

平坦的道路、宽敞的房子、邻里们的笑脸，村里的变化让人心里舒坦，更让了解分水塘村过去模样的人欣喜。村民代表张至余空闲时经常在村中散步，对村里的情况特别熟悉。他说："2019 年 10 月，陈望道故居成了全国重点文物保护单位，这下子名声更大了。2020 年'五一'小长假，原以为受疫情影响不大有人来，没想当天从外地到村里来感受红色文化的游客一批接着一批，热闹得很。"

"这些年村容村貌发生了翻天覆地的变化，我们日子越过越红火了，感谢社会主义，感谢党。"村民席桂福 30 年前从浦江嫁到分水塘村。她说，那时候村里通往外界只有一条泥路，外出靠肩挑背扛和推独轮车，村里的房子大部分是破破烂烂的。

"现在村中的破烂危房拆了，取而代之的是宽阔、整齐的仿古老街——大天井老街。大天井老街既是游客停留的地方，也是我们平常休闲的好去处，总之村里各种设施都变好了，这日子过得真有味。"席桂福家 2016 年造了新房子，现在最让她开心的是儿子能在家门口上班。"我儿子原先在义乌城里上班，各种开销很大。去年 9 月，儿子进了陆港旅游发展有限公司，在家门口的'义新欧'直销中心上班，再不用每天来回跑，可以省下很多开销。"席桂福边说边邀请我去她家玩，"是陈望道给我们村带来了好运气，现在分水塘人享福了，村干部干事积极性也很高。"

村党员代表张希道是个热心人，他特意放下家里的活，领着我在村里参观。"你看，分水塘村变美了，即便是在村内最偏僻的小巷，也不见乱堆乱放现象，随意走进一户农家，哪怕是几块砖、几捆柴，都码放得整整齐齐。以前村里人乱扔垃圾，对陌生人持有很强的警惕心，现在大家见到外人都客客气气。许多客人参观完后，都喜欢在水塘边坐坐，说这里太舒服了，空气好，环境好，村民热情。"

村民贾月香 2018 年在村头开了一家杂货店。"来村里参观的游客越来越多，我在家也没什么事情干，就做点小生意。"贾月香拢了拢头发说。游客多的日子，小店有近千元的日营业额。

陈林仙家就在陈氏宗祠的对面，随着游客的增多，家里开起了陈记面馆。"说起来我是陈望道的亲戚，我爷爷和陈望道是堂兄弟，我应该叫陈望道一声爷爷。面馆开起来后生意挺不错，一天可卖四五十碗面，游客多的日子则更多一些。生意挺好的,反正比出去打工强。"

村民楼其军在分水塘村文化礼堂旁开了一家麻糖手工作坊。春节前后,生意格外红火,进进出出采购麻糖的游客络绎不绝。义乌麻糖是非物质文化遗产,楼其军切麻糖的手艺是祖传的,但以往只为外村人打工,如今商机来了,就自己开店经营。"我这家店虽然开的时间不长,但生意好的时候收入不错。"

"90 后"小伙子陈子群,很小就听说过翻译《共产党宣言》的陈望道是本村人,心里就对他特别佩服。这两年他积极参与村里的建设:"现在感觉生活有盼头,不管村里有什么事情,我都会立马响应,大力配合。"

"以前总感觉到分水塘村地处山区,加上村民不团结,自己都羞于启齿说自己是分水塘人。现在不一样了,周边一些村庄的人,经常让我给他们介绍对象,想把姑娘嫁到分水塘来。"在义乌国际商贸城经营五金生意的分水塘村村民张旭英说。

习近平总书记讲述的故事正激励着分水塘村民勤劳致富,"望道信仰线"建设更是让村民们尝到了甜头。因为陈望道钟爱杏树,杏树在分水塘村种得特别多,加上"杏""信"谐音,村民们看到杏树,就觉得别有一番寓意在里头。

"林外鸣鸠春雨歇,屋头初日杏花繁。"村民陈明茂家房前的一株杏树早已高过院墙,每年这株杏树都结许多果实,沉甸甸地挂在枝头,成熟时黄澄澄的,像一个个金色的小灯笼,又像一个个调皮的胖娃娃,隐藏在稠密的绿叶里。陈明茂说:"我家的这株杏树已经是壮年了,一到春天,满树杏花,热闹非凡,六七月果子成熟挂满枝头,2020 年一下子收了上百斤的杏子。"

是啊，这株杏树站得这么高，枝叶如此茂盛，它的根深深地扎在泥土里，任凭多年来的风吹雨打，始终毫不动摇，就像如今分水塘人的信仰。

近几年，村里陆陆续续种了 70 多亩杏树，每到春天，洁白的杏花开满枝头，淡雅的香味扑鼻而来，杏树成了分水塘村一道独特的风景线，那是一份深深根植在村民心底的情愫。

五

2020 年 5 月 28 日，中国计量大学在陈望道故乡分水塘村与义乌城西街道签署了共建思想政治理论课实践教学基地协议，并举行"实践教学基地"授牌。这是红色资源与高校资源整合的一次有益尝试，对进一步挖掘好、宣传好红色文化大有益处。

中国计量大学党委副书记程刚说，中国计量大学与城西街道一起，依托"省市共建高校"这个大平台，结合双方发展需要，切实抓好共同宣讲党的创新理论、共同创建现场教学基地、共同开展理论研究等合作项目的落地等工作，不断深化和丰富合作内容，不断提升合作水平，作为高校，也可以利用自身资源为义乌市美丽城镇建设、陈望道故居保护开发出谋划策。

2020 年 4 月，金华市木版水印技艺非遗传承人张利明的"素印木版水印工作室"在分水塘村红色文化产业园落户。三年前，在上海参观中共一大会址时，张利明被义乌老乡陈望道废寝忘食翻译《共产党宣言》的故事感动。随即，他开始创作《信仰的味道》系列素印艺术作品。在多次到分水塘村了解风土人情后，张利明有了扎根分水塘村的想法。"'信仰的味道'永远不能忘记，我希望用自己的手艺来传承'望道精神'。"如今，每逢周末及节假日，张利明的"素印木版水印工作室"内都有许多孩子来体验木刻、印刷、分版套色等传统技艺。

2020年5月21日，义乌市油画委员会16名油画家在分水塘村开展"走进陈望道故居"写生活动，用油画家的思维感受"真理的力量"，寻找艺术创作的灵感。义乌市油画委员会秘书长楼志强说："我是城西街道人，每次来分水塘村，都能看到变化。"他希望用手中的画笔将美好的事物都画下来。

2020年7月6日，义乌市江东街道青岩刘村党支部来分水塘村开展"走进陈望道故居，重温信仰的味道"主题游学活动，重温党的历史，感受革命情怀。青岩刘村党支部书记毛胜平说："作为一名共产党员，我们要学习陈望道坚定的理想信念和严谨务实的人品学风，把这种品质带到我们日常的一言一行中去。"

依托"望道信仰线"和美丽乡村精品线建设，越来越多的学生前来接受爱国主义教育，激发爱国热情；越来越多的单位组织预备党员前来故居庄严宣誓入党；越来越多的老党员也到这里重温入党誓词……如今，省级红色旅游教育基地、中国民主同盟传统教育基地、金华市干部教育现场教学基地、金华市党史教育基地、金华市爱国主义教育基地等已经在分水塘村落户。同时分水塘村还与复旦大学、浙江大学等知名学府建立了长期合作关系；与国务院国际扶贫中心、中央党校出版集团、清华大学继续教育学院、中国人民大学经济学院乡村振兴研究院等单位初步达成研学合作意向。

"'蘸着墨汁吃粽子'这个故事，我们从小听到大，如今通过习近平总书记的讲述，'真理的味道非常甜'的故事更是全国皆知，我们村也一夜之间闻名全国了。"陈卫强是分水塘村的党支部委员，对村中的历史比较了解。他说，事实上，分水塘村的红色基因一直存在，抗日战争时期，分水塘村是中国共产党领导创建的金（华）义（乌）浦（江）兰（溪）抗日根据地中心区域，也是抗日武装第八大队主要活动地区之一。

这几年受红色基因的影响，分水塘村无论是政治、经济、环境，还是未来的规划和发展，都展现出与众不同的独特魅力。村民们希望用足这些宝贵红色资源和特色元素，用更多形式将"望道精神"传播得更远。

在义乌陆港旅游发展有限公司的帮助下，"望道信仰线"从自然景观提升、产业植入、文化发掘等多个方面入手，以产业培育为理念，以生态农业为基础，带动乡村生态经济、休闲产业及农家乐、民宿的发展，实现文化、产业、休闲三体合一。用红色文化、山水景观、人文历史串起各个小村落，将《共产党宣言》诞生、海外宣传、国内宣传的历史过程，以景观小品形式布置在各个重要节点，形成了以《共产党宣言》为主题的红色文化之路。

村民还特意为外地游客制作了一道"信仰美食"，即"真理的味道"——粽子蘸红糖。这些特殊的文化元素是分水塘村独有的,外地客人很感兴趣。

重温入党誓词、聆听一节党课、朗读一篇红色文章、许下一句初心承诺、点亮一个微心愿、珍藏一份红色记忆、品尝一次"真理的味道",还可以在望道邮局选一本《共产党宣言》《陈望道全集》等作为珍藏⋯⋯我看到,在分水塘这片红色资源丰富的土地上,红色品牌效应正日益显现。而这——正是对信仰的最好诠释!

"党建引领,蹄急步稳",分水塘村的研学培训基地正在打造中,端庄大气的望道纪念馆已经落成,白墙灰瓦,坐落在宽阔的小山坡上,将于不久的将来正式开馆。

2020年11月23日,中共浙江省委书记袁家军在义乌分水塘村宣讲党的十九届五中全会精神和省委十四届八次全会精神,考察了分水塘村的村容村貌和陈望道故居,了解美丽乡村建设、数字赋能基层治理、红色文化传承等情况。村民们兴奋地向他汇报近年来分水塘村从一个普通山村蜕变为幸福乡村的故事,感恩总书记,感谢党中央。袁家军听后高兴地说,大家的日子越过越好,是我们共产党人的奋斗目标。当前正在谋划的十四五规划,关系到每一个人。对浙江省广大乡村来说,就是要加快推进以人为核心的农业农村现代化,全面推进乡村振兴。要不断改善人居环境,完善基层治理体系,加快乡村产业发展,提升村集体经济实力,不断增强人民群众的获得感、幸福感、安全感。

城西街道党工委书记陈惠宇说,"望道信仰线"是城西街道打造义乌西大门的一张文化金名片。2021 年是建党 100 周年，我们要切实把分水塘村的红色资源利用好，把红色传统发扬好，把红色基因传承好。

徜徉在分水塘村，已建和在建的各种景观工程焕然一新。村民告诉我，以后这周边的山上将种植成片的杜鹃花，在花海中布置花间绿道，他们想用这漫山遍野的红色杜鹃花来象征 100 多年前的红色革命岁月，让分水塘村红色文化内涵更加丰富。哦，分水塘可以做的红色文章还有很多，也许每一次来，都有让你眼睛一亮的地方。

"陈望道在那么艰苦的环境中翻译出了《共产党宣言》，我们今天要学的就是他用生命来坚守信仰的不屈精神，要把这种精神用到社会主义新农村建设中去，更好地推动新时期农村发展，把分水塘村建设成经济繁荣、环境优美、生活富裕、管理民主、文明和谐的社会主义新农村。"陈仕杰代表全村党员说出了心里话。

望着成片成片的杏树林，我知道分水塘村正一天比一天变得美好，中国的新农村就应该是这个样子！

天空升腾着云彩，幸福的笑声传遍了村头村尾，春天的杏花抖擞着精神，悄悄绽开了欢颜……这里是《共产党宣言》启航的地方，这里是承载了百年革命史的故园，无论用怎样曼妙的歌声，无论用怎样华美的语言，都不能表达我们内心的挚爱，我们唯有把它建设得更加美丽，才不会辜负革命前辈们的期望。

千道理，万道理，发展才是硬道理。可以说，如今的分水塘村迎来了高光时刻。这个时刻，人们不会忘记那些面向党旗庄严宣誓的人，在新中国这片广袤的土地上，正是共产党人引领着我们不断前行。共产主义信仰是精神的钙，是梦想的翅膀，站在陈望道翻译《共产党宣言》的柴房前，我忍不住生发感慨：永远记住信仰的味道，努力创造新的甘甜！

第三章

美丽典范：
薰衣草花海背后的故事

我曾经在新疆伊犁看到蔓延到天边的梦幻薰衣草，曾经在阿尔卑斯山南麓看到雪山映衬下的薰衣草，但在浙江的小山村看到这样一大片散发着独特清香的薰衣草还是让我很惊艳。

一簇簇颀长秀丽的薰衣草在阳光下开得那样繁密，那淡紫色的芳菲美到极致。微风一起就像紫色的波涛，一浪推着一浪，在我眼前摇曳，蓝天在紫色花朵的映衬下显得更加高远。

这是5月的清晨，我身临其境感受着薰衣草朴素迷人的美，感受着朴素中透出来的清秀、恬静和高雅，一如眼前这个小山村。

一

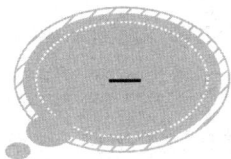

这个小村名叫何斯路村，"望道信仰线"从分水塘村向西南方延伸，何斯路村是第二站。

何斯路村地理坐标为北纬29°18′，东经120°04′，总面积3.7平方千米。村子不大，常住人口1160多人，地处大山之中，相对偏僻。2008年以前，何斯路村默默无名，村里垃圾到处乱扔，卫生环境极差。2008年后，何斯路村搭乘上了快速发展的"复兴号高铁"，摇身一变，成为长三角地区闻名的美丽乡村。特别是近几年，许多在义乌经商的外国人纷纷把家从城区搬到了这里。这些来自俄罗斯、乌克兰、马来西亚、韩国等不同国家的外籍商人，有着不同的文化背景，却共同爱上了这个小山村！是什么吸引了他们呢？答案是——这里空气好，恍若世外桃源，碧水蓝天，鲜花满园！

> 我想和你虚度时光，比如低头看鱼
> 比如把茶杯留在桌子上，离开
> 浪费它们好看的阴影
> 我还想连落日一起浪费，比如散步
> 一直消磨到星光满天
> …………

著名诗人李元胜的诗歌《我想与你虚度时光》中描写的场景，在何斯路村属于现实版。那日，当李元胜和我坐在何斯路村临湖的藤椅上交谈的时候，旁边桌子上的茶正冒着热气。

李元胜穿着一件藏青的短 T 恤，眯起眼睛看着前方被风吹拂的粼粼波光。"你看，眼前的一草一木都那么有诗意，为什么不在这儿住一晚呢？"他慢悠悠地喝一口茶，然后这样问我。

我笑了，说："别说一晚，住一整年都可以。"是啊，作为全国著名诗人，想邀请他来住，他还不一定有空呢。然而，此时此刻，我知道李元胜已经被眼前的美景"诱惑"了。

果然，回去不久，他就写了一首诗，题目叫《过何斯路村》。诗中写道：

> 把揉进眼睛里的沙子
>
> 暂时取出来
>
> 我要舒服地看看江南
>
> 看看通往诗经的水路
>
> 不识皇帝的野鹅……

相信很多到过何斯路村的游客，都会有这种流连忘返的感觉。何斯路村正是以其传统与现代结合的独特魅力，每年吸引超过 20 万游客前来休闲度假。

2019 年五一小长假前 4 天，占地百余亩的何斯路薰衣草主题公园鲜花正盛，何斯路村共接待游客 3 万多人次。其中以北上广游客居多，并有欧美游客几拨。房间基本在 300 元至 1500

元一晚，价格不打折。餐饮同样很火，农家饭店普遍翻台几次。餐饮、住宿、会务，加上农特产品销售，小长假总收益达200余万元。

村民自豪地说，何斯路的民宿有诗意，又由村里统一管理，卫生服务一条龙，特别受欢迎。前几天，一个福建学习团、一个北京剧组，还有上海的游客团，都抢着要住在何斯路村，以致房源空前紧张。

10年来，何斯路村集体资产从负债30多万元增长到如今的1亿多元。村民何文新特别得意地说："现在，何斯路村户口可值钱了，到银行贷款，只要拿出何斯路村的村民身份证来，人均借贷60万元不用任何担保。"

何斯路是一个古村落，相传公元前222年何氏祖先为避战乱由北方漂泊来此，在路上歇息时，观此地形如燕窝，形态优雅，遂定居于此，繁衍生息。燕子坳，如今依然保持着原先的风貌，在岁月的烟岚中，守望着云卷云舒的山野。

走进何斯路，心和脚步都会不由自主地慢下来。这里望得见山、看得见水，有山村独有的清幽与雅致。然而从整洁程度和秩序上看，这里又不像山村，更像一个让人心仪的城市社区。在何斯路，即便是一条偏僻的小沟渠，水也非常清澈。我还注意到这儿的每条巷子里都有导示牌和分类垃圾桶。对于垃圾分类，村民们已经习以为常。我知道，事实上，这种严格的垃圾分类在大城市的许多社区也不一定能做得这么好。

然而10多年前，何斯路还是一个贫穷落后的山村。

2008年，原先在外经营物流的何允辉返村当选为新一任村委会主任，他下决心要改变何斯路村落后贫穷的状况。"这个村是我的家，我对这个村有着割舍不下的情感，走得再远也想回家，于是 2008 年我放弃了在外的事业，决心回到家乡，带领村民们干出一番事业来。"

2011 年何允辉当选为村党支部书记。当年，村子开始整治、开发。首先将村中的养殖场陆续清拆，随后建设雨污分流管网，进一步对乡村环境进行整治。"当时很多村民不理解为什么要建雨污分流管网，政府投资的主管道都设好了，村民就是不愿意自己掏钱建分管接到主管道里去。"回忆起当初倡导雨污分流管网建设的情形，何允辉记忆犹新。

为了消除村民的疑虑，村两委发动村中的党员干部，逐家逐户进行走访，向村民解释雨污分流的好处。何允辉和党员干部首先掏钱将自己的分管网建好，以此做表率。一来二去，村民逐渐理解了雨污分流的意义，也加入建设管网的行列中来，村雨污分流工程很快做好了。

为了惠及全体村民，村两委又发动村民成立草根休闲农业合作社，把山、水、树、地、空气这些公共资源折算成相应股份，把绿水青山转化为资产，这部分生态资源股占集体经济总股权的 25%。其中 5% 归集体，20% 分给村民，每个村民可享受"不花一分钱、免费享有 2000 股"的权益，让村民以原始股入股合作社，实现了全民入股，真正是"一草一木皆股份，男女老幼皆股东"。合作社剩余的 75% 为投资股。村民优先认购，不足部分对外部资本开放。合作社规定个人所持部分不得超过总股本的 12%。

村里利用这些资金，投资 3800 万元建起了斯路何庄酒店。这个新中式酒店有高级客房 17 间、会议室 3 个，颇受城里游客喜爱。

何斯路村有 11 口水塘，村里采用埋设涵管的办法将 11 口池塘的水体连通，并引进附近水库的水，池塘的水变成了碧波荡漾的活水。村里还在一些相邻的池塘间架起了漂亮的景观木桥，供游客游览、观赏。

同一年，村里还在下山、前头山的荒山坡上种上了许多樱花树。如今，山坡上樱花成林，是何斯路村又一道亮丽的风景线。

近几年，村里先后修缮了明代古民宅、中国汽车制造第一人何乃民的故居、何家祠堂、新四军旧址、燕子坞古村落等古建筑等，湖光山色的志成湖风景区脱颖而出。经过几年努力，何斯路村逐渐形成了公园式村落的格局，营造了人与自然和谐共生的良好生态环境。

走在燕子坞窄窄的巷子里，我仿佛穿越了时光隧道。现代与古老，蒙太奇般瞬间变幻的画面，让人唏嘘感叹，而何斯路的吸引人之处，正是把这两者急剧变化的不同美感糅合到了一个层面上。这种反差形成了鲜明的对照，增强了视觉的冲击力和心灵的震撼力。

我在村中闲逛时，遇见 65 岁的村民何允忠，他是村里的热心人，一直负责村里的卫生创建工作。他对卫生创建特别认真负责，看着村子一天天变得美丽干净，很是开心。他告诉我："以前村庄破破烂烂，到处是卫生死角，现在人人都自觉把村子维护干净，环境好了，人心情就好。我家原本经济条件很差，因为造房子、娶儿媳欠了10多万元债。我自己都没想到，现在居然已经有了20多万元存款，想想梦里睡着都会笑出声来。"

每个人都有对美好生活向往的权利，重要的是怎么帮助他们去实现，这是对农村基层干部的考量，也是对党和政府执政能力的考量。

何斯路村的一系列改革，不仅提高了乡村知名度，带动了村民经济收入，也让村民的自主意识觉醒。

村民何正强原先在城里做水电工，没有开饭店前家里平平常常。那一年因为家里造新房子，村里批给他的地基在志成湖边，那时候也没发现这个位置有多好。后来乡村火了，房子活了，何正强就辞去外面的工作，和老婆回了家，利用自己的房子开起了饭店。现在一年有四五十万元好挣。来的都是熟客，最多的是浦江人。他们很少买菜，店里烧的都是何正强爸爸妈妈种的新鲜蔬菜。客人赞美度很高，每到周末总要翻几次台，夫妻俩就在家门口开开心心挣大钱。

"我在回村开饭店前，做过很多事情，16岁出去学美容美发，后来学水电装修，一直辛辛苦苦地在外打拼。我这辈子最难忘就是1990年，村里为我批了新地基，从此改变了我一生的命运。原先我的老房子在村子最高处，连自行车都拖不上去。"

"那时候，我从来没想过可以在自己家里开饭店赚钱。"他一再强调这句话。"2015年我们正式开饭店，最早是一些本地人来吃，后来有韩国人、乌克兰人、日本人来，大家愿意享受乡村安静的环境。我自己是个吃货，一直喜欢琢磨烧菜。饭店开起来后，我自己掌勺，土鸡煲、红烧鱼头、荠菜香干、清炒马兰头、蘑菇炖肉……名气打出去后，客人越来越多，生意挺好。"

夫妻俩生活好了之后，成为村里公益活动的积极参与者。夫妻俩是村乐队锣鼓班的主要成员，只要村里需要，风雨无阻，大门一关，挣钱就放到第二位了。

68 岁的村民何银省提及住进新房这件事，脸上乐开了花。他说，家里 5 口人，以前仅有一间三四十平方米的破房子。因为条件差，一直建不起新房。2011 年，村里对包括他家在内的缺房户专门安排了地基统一建新房。为建这幢占地 110 平方米的三层楼，他借了不少钱。但现在他本人在村薰衣草园做工，妻子在家做来料加工，加上出租房屋一年有 8000 元收入，儿子打工还有收入，不仅还了欠债，还有了存款。

"过去人们总想着往城里跑，可现在一到假期，我们村里都是游客，城里人全都往我们这儿跑了……"漫步在村子里，总能听到村民们言语中流露出的满满自豪感。

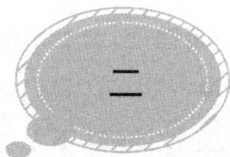

二

第一次走进这个村子的时候，我就想，我会听到怎么样的故事。

他们首先告诉我的是一个关于薰衣草的故事。

由于地处山区，何斯路村民一直以来靠山吃山，勉强解决温饱。想当年，在外面经商多年的何允辉刚上任村主任的第三天，就有村民跑过来找他："主任，我的老婆跑了。"那时候因为穷，外来的媳妇总是待不住，乡村振兴确实是件迫不及待的事。

但发展得有思路。何斯路，何思路，何是路？这个问题让何允辉思考良久。2008 年，何斯路村决定种薰衣草。

起因是何允辉有一次偶然在饭桌上听一个台湾老师说，如果在义乌高速公路两旁种上一片紫色的薰衣草，会是什么样的感觉？说者无心，听者有意。就是因为这句话，何允辉想在村里种薰衣草，他找了当时某知名农口科研院所的一个专家。这个专家说，只要你把顾问费一付，我明年就让你长出一片薰衣草来。

何允辉一听心里非常激动，觉得顾问费 10 万元也不多。说干就干。"我是做生意的人，我说先给你 7 万，他同意了。然后我们从英国一个美金一株把苗进口来，我自己去萧山机场取的，当时非常高兴，一共花了几万美金，结果种下去一个月后，一株都没有活。我就去找专家理论。这个专家个子很高，我个子矮，他就拍了一下我的脑门说：'主任，你们农民就是没文化，你看我的实验室里头有一株死掉的吗？不是都种得好好的？'我说当初签合同也没说让薰衣草种在你的实验室啊？所以，经过这么一个小小的薰衣草种植挫折，我体会到专家的话有时也不一定靠谱。"

这次种植失败后，何允辉又在网络上查资料，看到网上说济南有薰衣草的太空种子，就赶紧跑到济南，里三层外三层包着种子拿回来试种，一个月后地上长出小芽来了。小芽长出来后，何允辉就跟城西街道领导汇报说何斯路的薰衣草发芽了。街道领导一听，马上说这个事情要让更多的人知道，赶紧让媒体报道一下。第二天媒体就过来了，写何斯路的薰衣草发芽了，还带了一个摄影记者。然而一个星期之后，薰衣草又全死掉了。街道领导就骂何允辉："你这个人整天吹牛，这回把我都搭进去了。到处说你种薰衣草，结果一棵没种出来。"

何允辉委屈地说："书记，这个也不能怨我。如果薰衣草这么好种，一种就能种活，哪还能轮得到何斯路种吗？人家早就种了。"

最后是花了20多万元，从新疆连土带苗运来4亩地的薰衣草。到2010年3月，何斯路才把自己的薰衣草种出来。

2012年，薰衣草园区的门票涨到68元。6月1日开园那天，有9.8万元门票收入。原先反对土地流转的农民好些被安排到园区上班，当天他们花3个多小时清点门票收入，嘴都笑得合不拢。村民们看到了项目带来的好处，纷纷支持发展集体经济，一个好的策划创意给乡村带来了未来。

薰衣草种植成功后，村里就举办了浪漫七夕、情定"普罗旺斯"等活动，发展生态特色旅游。园内有月季、四季玫瑰、百日菊等花种，全园花期长达10个月。园内还建有美丽的爱情长廊、圣洁的婚礼舞台、浪漫的大风车，仿佛是一个爱情童话——纯粹，美好。何斯路薰衣草主题公园声名远播，国内外游客纷至沓来。

2020年虽然受疫情影响，但这一季的薰衣草花海再一次给何斯路村带来了"流量"。这个被称为"义乌普罗旺斯"的老牌"网红村",花海开放后吸引游客近8万人次。

根据实际情况,2020年花海门票定价30元,除了向医护、公安、教师、60周岁以上老人等群体免费开放,游客还可以通过朋友圈转发景区信息免费领取门票,入园游客中60%未购票。从8年前围起篱笆宣布收费,到如今对特定群体免门票,我觉得何斯路是有底气的。

"门票收入低了怎么办呢?"我问。

何允辉笑笑,充满乐观地说:"如今薰衣草花田确实碰到了一些新问题,但兵来将挡、水来土掩,我们总会有办法的。走,带你去看看现在的薰衣草花园。"

当我坐着观光车来到薰衣草花园时,看到刚刚建好的东萧公路高架桥从村庄中通过,把薰衣草花园分成了两半,破坏了花园最初的整体性。但何斯路人可会动脑筋了,他们并没有因为桥的经过抱怨,反而依桥借势,开发出了新的经济形态——桥下经济,并为其取名为"田野集市"。

此刻,桥下放置的6辆报废大巴车已经经过改造。一位正在干活的师傅说:"溪边那头的2辆改造成大巴民宿,旁边2辆是大巴幼儿园,我正在装修的这辆是西餐屋,边上的是展销店。"这些大巴车较好地利用了桥下空间,目前村里已经收到公共品牌使用费20万元。

巴士民宿,这个创意很新鲜。我走进巴士,发现整体居住环境非常温馨,从窗口望出去就是大片的田野,巴士下面还有一条小溪。何允辉指着溪流说,以后要把水引进来,人们睡在床上就可以听到"叮叮咚咚"的水声。我说，这真是离山野最近的民宿啊！看来"田野集市"在未来的日子里，绝对是何斯路一道靓丽的风景线。说话间，我来到薰衣草花园内的全国首家巴士幼儿园，只见2辆废弃的大巴车被巧妙地改装成了2间小教室，孩子们正在老师的带领下认真学习唱歌，做手工作业。这个幼儿园不仅满足了幼儿的入学需求，而且场地租金每年能为何斯路带来可观的经济收入。

走在薰衣草花海的栈道上，何允辉自信满满地告诉我，如今，薰衣草产业已经形成了多元经营格局。"我们2012年就开始研发薰衣草衍生产品，注册了'龙溪香谷'商标，在伊犁建立4000亩薰衣草种植基地，与厂商合作加工，生产薰衣草精油、香皂等系列衍生品。完整的薰衣草产业链，为何斯路村增添了神奇的梦幻色彩。目前，薰衣草产业年收入达到1500万元。"

2020年国庆长假，何斯路村田野集市隆重官宣，巴士民宿顺利开张，透过天窗望星空，此情此景恍然如梦，预约排队者蜂拥而至！

原来是这样破局的，真是聪明啊！花海、高架、大巴车，新奇的乡村田野组合，背后蕴含的是何斯路村民对生态、对环境的经营理念。

百姓在发展中得到的实惠越多，对未来就越有信心，对发展就越支持。带领群众致富奔小康是村干部工作的永恒主题。

2021年元旦，何斯路村又住满了来跨年的人，整个村子热闹得就像国外的度假小镇，何斯路村民一个个脸上洋溢着笑容，他们开心呀，他们能不开心吗？这一天，村民进账近50万元。

乡村要振兴，市场就是最好的试金石。

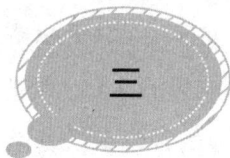

三

第二个故事是关于"功德银行"的。

储蓄银行在身边随处可见，可你听说过"功德银行"吗？说来你也许不信，小小的何斯路村居然有一个"功德银行"，村内每户人家都有一个账户，只要做了好事就记录下来存在"银行"里，到了年底集体展示，看谁的"存款"最多。

初到村中的我很好奇，把功德存在"银行"里到底是怎么一个存法。于是何允辉就带我到村办公室去翻看那一沓沓的账簿。我首先看到的是一本 2008 年 4 月的"功德银行"账本，13年过去，它依然完整无缺地摆在我面前，每页的页眉上记录着户主的姓名、出生年月、家庭账号和联系方式，页面上则记录着每个家庭成员做过的好事。大到获得荣誉、捐款数万，小到为游客指路、捡起村道上的一个烟头，都被一一记录在内。只要为村里争光，都会对应获得 1 至 5 分的分值。分数越高，"存款"越多，从而鼓励村民多做好事，形成人人向善的氛围。

孝顺父母，为村里做义工，把家中多余的蔬菜分给别人，汶川地震捐款等，事情无论大小，只要你去做了，都可以在"功德银行"存下积分。我看到这样的功德账本有 30 多本，它们整整齐齐地码在那儿，见证着一个村庄精神文明的提升过程，更是正能量的"储蓄罐"。

我很好奇，2015年之后的账本怎么没有了？何允辉说："2015年后，'功德银行'进入了信息化管理，纸质的账本就不写了。2018年又进行升级，每个村民在自己的手机上都可以查阅'功德银行'的分值，你为村里做了哪些事情，打开手机APP，一目了然。自从有了'功德银行'，村民的精神面貌有了很大改善，村民有了契约精神，增强了荣誉感。"

"功德银行""存款"最多的户主叫何樟根，是一位83岁的老人。他一共有1万多分"存款"。何樟根退休前是小学校长，为人特别热情。10多年来，他为来村里参观的访问团义务讲解上百次，没有拿过村里一分钱，大家都为他的敬业精神所感动。

何允辉说，"功德银行"其实是乡村德治的一种表现形式，它通过引导，告诉村民什么是值得去做的事。何斯路村能取得今天的成绩，与这些普普通通的村民分不开，何斯路村的品牌就是乡村文明建设。如今，这品牌已经得到大家的认可。村民方庆华在创业之初资金缺乏，一时借贷无门。后来，他凭借"功德银行"的积分，顺利从银行贷款30万元，顺利启动了创业项目。方庆华说："没想到平时的点滴善举，让我贷到创业资金，今后我还将继续为村民多做好事。"

"你是怎么想到搞'功德银行'的？"我问何允辉。

何允辉说："是欧洲的时间银行启发了我，觉得虚拟的东西也可以存起来。当时我是这样想的，如果你把人家坏的东西记下来，人家要找你吵架，心中还不服气。那我只记好的，把好人好事记下来，一季度一次公布到墙上。要知道，熟人社会的治理原则就是爱脸面，这样一公开，对那些没有做好事的人就会有促进作用。邻里关系好了，大家愿意相互帮助，村民懂得分享，村庄氛围就好。"

但事实上，"功德银行"一开始做的时候还是遇到了不少阻力，很多人反对。反对的一般都是不喜欢做好事的人，其中有人说做好事还要到处宣扬吗？好事做了就做了，雷锋做好事不是不留名吗？也有一些人冷嘲热讽，觉得这是个别人表功的地方。

在何斯路村两委看来，全国各地有很多乡村建设得很好，游客也多，但是游客与居民之间的矛盾时有发生，有些乡村昙花一现后就迅速衰败。出于对何斯路村旅游产业可持续发展及培养乡村优良民风的考虑，村两委认为一定要做好何斯路村的精神文明建设，"功德银行"是一个很好的抓手。

"一报二查三公布，功德多少大家算。"村里不要求村民非得捐多少钱，或者做多么轰动的好事，只要在力所能及时，张一张嘴，伸一伸手，这些都是功德。比如：管理好自己房前屋后的卫生记 1 分；维护公共场所环境记 2 分；能够促进村庄事业发展，并做出卓越贡献记 3 至 5 分。同时，"功德银行"在一定的时间内对名列前茅的村民进行通报表扬；每年年终对村民的得分进行总结，评选年度"杰出贡献者"。"功德银行"还作为村民考核、村集体利益分配的参考依据。在"功德银行"里考核优秀的村民可以拿到宅基地的优先选择权。

村中长者正气浓，家家子孙满堂红。"全村 95% 以上的村民都做过好人好事，并在'功德银行'中有自己的积分。"一些外地人在把女儿嫁到何斯路村来前，都会先通过村里的"功德银行"了解一下这户人家的功德分高不高，如果分数高，说明这户人家素质好，把女儿嫁过来放心。

"种瓜得瓜，种豆得豆"，慢慢地，公德心在何斯路村成了一种价值观、一种信念。近 10 年来，该村没有发生过一起刑事案件，甚至连大的矛盾纠纷也没有，整个村子就像个温馨的大家庭。

我关注了"何斯路"公众号，然后进入"功德银行"，查询积分、申请积分、积分排行、公示区等功能区块一目了然。目前，何斯路村的"功德银行"已在全国 10 余个省份 6000 多个村推广。2020 年来参观取经的人达 160 多批次。"功德银行"是暗示，也是宣示。事是小事，但让人时刻想着如何做好事，心心念念向善。何允辉说，办"功德银行"是他最骄傲的事。

在"功德银行"的滋养下，近年来，何斯路村先后获得"全国十大乡村振兴示范村""中国美丽田园""浙江省美丽宜居示范村"等荣誉称号。同时，村里正在筹划借"功德银行"平台，搭建一个全新的"功德商城"——以"功德银行"积分为信用凭证，作为第三方平台为全国各地乡村"背书"，帮助线上销售各地农特产品。

村里的薰衣草咖啡馆，最近成了收货仓。张家口原种大豆、漳州红豆蛋黄酥，以及来自新疆、云南、咸宁、徐州等地的农特产品样品，堆放在柜台旁。"我们准备联合全国各地 10 个村，共同发起成立'功德商城'，进而推出'何斯路优选'品牌，让农民自己掌握农特产品的销售渠道。"这几天，村中的商城平台正在升级设计,而何斯路村的未来定位也是平台,吸引各类机构入驻,共建共享乡村品牌,最终实现共赢。

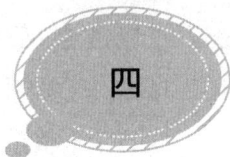

四

第三个故事是关于酒的。

浸米、蒸饭、落缸、开耙、发酵……一坛坛酿好的何氏家酿被送到村广场。每年一届的"何氏家酿曲酒节"又来了,随着开坛品酒仪式的进行,酒香四溢,人人陶醉。

2019年12月18日,我应邀参加一年一度的"何氏家酿曲酒节"。

一大早,村广场上人山人海,很是热闹,除了赛酒,还有各种文艺节目,吹吹打打,就像过节。一户村民叫了一群朋友来村里做客,很自豪地跟他们说:"瞧瞧我们村的黄酒,连日本清酒都甘拜下风,去年我们把它卖给日本人,一斤价格高达128元。今天再看看,状元酒花落谁家……"

何氏家酿自明代伊始,以特制红曲配上村内甘甜清澈的天然罗井山泉酿制,已有600余年历史。为了挖掘何氏家酿文化内涵,保护和传承非物质文化遗产,打造"何氏家酿"黄酒品牌,帮助村民增加收入,何斯路村从2008年起,每年12月18日都会举办"何氏家酿曲酒节"活动,邀请中国曲酒协会、浙江大学的专家给村民酿的红曲酒评奖。

　　为鼓励村民酿酒参加比赛，每个参加比赛的农民都可以拿到 50 元的奖励。一个村民回忆说，2008 年 12 月 18 日，何斯路村第一次办"何氏家酿曲酒节"，杀了 7 头牛，请义乌的一个方言栏目做宣传，请大家免费来喝牛汤、吃牛血。吃肉就要喝酒，一摆就摆了几百席，卖酒的钱挣回了杀牛的成本。

　　当许多乡村还在为产业烦恼的时候，何斯路人已经开始了高质量的活法，让村民用家酿曲酒节形式把丰收的喜悦展示出来。

　　说到"何氏家酿曲酒节"，还有一个小插曲。2008 年，何斯路村还不出名，怎么让大家都来何斯路呢？中国农民有个习惯，哪里分东西就到哪里去，不管分的东西是多是少。何允辉笑着说："如果我说何斯路要办一个曲酒节，家家户户酿酒，酿好后让人家来买，可人家就不来。但如果我说曲酒节上有牛肉可以白吃，大家一听就都来了。那天是 2008 年 12 月 18 日。为什么选择 12 月 18 日？因为这是改革开放的纪念日，我觉得特别有意义，做人一定要学会感恩。"

　　听他说得激动，我也激动起来："后来如何？"

　　"后来如何，你想不到吧？当天的盛况出乎我的意料，一下子来了几万人。田野、村庄到处都是人。我自己站在台上介绍了一下身份，我说：'今天请大家来喝牛汤、吃牛血，很高兴。对何斯路来说是最大的节日，希望大家要守纪律。'何斯路村民所有的亲戚朋友都主动做秩序维护，因为来吃饭的人都是免费的，村里总共花了 7 万多元钱，但是喝牛血、吃牛汤的时候谁都想喝一口酒，村里规定要喝酒只能到村里买。结果那天卖酒卖了 20 多万元钱。然后就有别村的人说,何斯路人的脑袋也不知道怎么长的,随便一弄就挣钱了。其实那个时候来玩的人也没有准备,他们也不知道到这里吃牛肉要带点酒过来,只是来凑热闹。后来一看有菜有饭,酒瘾就上来了。"

我听了,觉得这个点子确实好。

"现在曲酒节名气大了。前年,中央电视台《朝闻天下》栏目来拍,12 月 18 日来了两个记者,他们没有跟地方联系,说拍好了之后数据要传送给北京,第二天早上新闻准点播报。义乌电视台知道后说,这两个人肯定是骗子,先抓起来再说,一个小村搞曲酒节中央电视台怎么可能来拍?我当时也不知道真假,但觉得把人家抓起来总是不好的。我说不要着急,万一是真的怎么办?他们说没介绍信,台里也没接到通知,可第二天早上 7 点新闻准时播报了。其实啊,这是别人帮我们传播的,当自己没名气的时候要学会自己给自己掌声,为自己鼓劲加油;当所有人都给你掌声的时候,我们就不要觉得自己了不起,要意识到自己就是个当农民的货,但是这个农民要跟别人当得不一样,要当一个出彩的农民。这就是一种成功。"

"哈哈,你的思路非常清晰啊!"

"不久,新加坡一个电视台也到村里采访。他们片子拍了 7 天,把何斯路的生活跟北京、上海等城市生活进行对比,认为何斯路代表了中国的乡村。我明确提出拍场景要收取景费,后来他们真给了 6000 元钱,我把这个钱资助给村里的老年学会。现在我无时无刻不把中国农民这个词喊出去。有一回人家请我去讲课,介绍的材料里我提供了一张穿着西装的照片,对方却一定要选一张农民倒垃圾的照片，说穿西装的形象太不像农民。我觉得这个观念不对，其实每个时期的农民形象都是不一样的，农民也有尊严。《新加坡联合早报》《欧洲时报》《法国侨报》都做过我们村的报道。一个乡村不靠政府力量强推，而是自然吸引媒体关注，我觉得何斯路村确确实实是为国家争光了。"

当天，村广场风很大，但是村民们的热情很高。会场开始宣布酿酒获奖名单。得奖的村民一个个兴冲冲上台领奖。领奖的人说着土话，带着浓浓的乡音："谢谢村两委，团结就是力量。我得了奖，如果喜欢都到我家里来喝一杯。"下面的人马上叫起来："酒呢？酒在哪里？赶紧拿出来。"得奖的人就笑了："来来来，酒保管够，大家开怀畅饮。"

此次曲酒节，村民楼权省拿到冠军，他热情地邀请我去他家看看"冠军酒"。一路上他跟我介绍，家中今年做了300斤酒。"真的要感谢上级政府支持，感谢村两委为百姓办实事，每年曲酒节村民都很开心，我去年拿的是优胜奖，有200元奖金，今年得了冠军，有1000元。自从有了曲酒节，我每届都参加。这样的活动对我们村旅游开发很有好处，每逢曲酒节，我老婆种的一些蔬菜，一天时间都被客人买走了，还有客人直接到我们的菜地里去割新鲜蔬菜。"楼权省是个不善言辞的人，但说起这些就像倒豆子一样顺畅。

走进楼权省家，堂前有一幅"家和万事兴"的十字绣，桌上放着曲酒节一等奖的奖状，他的爱人陈鲜珍正在厨房里忙碌着，包了好多饺子。"今天有客人呢，你也留在这里和我们一块吃饭吧。"我说不用了，楼权省转过身，拿起桌上的一串香蕉，掰了两根下来，硬塞了一根到我手上："吃吧，家里没有什么好东西。"他们的客气让我感动，谁说现在的乡村民风已经变了，如果来到何斯路村，你会发现，乡风不仅没变，而且比以前更加淳朴热情。

从楼权省家里出来，我遇到了村民刘美菊，当时她正站在家门口的水池边洗菜。刚刚从地里拔来的绿油油的青菜和萝卜，散发着新鲜的清香，旁边有两条活蹦乱跳的鱼，说是因为今天要来客人，多备几个菜。她说："过一会儿我就开始做饭了，你在我家吃哦。"我对她来说只是一个路过的全然陌生的人，第一次相见第一次聊天，但是她一点都不觉得陌生，完全把我当成自家人，那样热情大方，感觉好亲切。我们正聊着天，她的一个亲戚拎了礼物进门来。她拍拍腰间的围裙迎上去说，来啦，快到屋里坐。回头对我笑着说，村子里搞节会，大家都趁机邀请外地的亲戚来热闹热闹，开心着呢。

2020 年 12 月 18 日，"何氏家酿曲酒节"再次如期举行。何允法是该村何氏家酿的第 25 代传人，他认为每年的评选是对村曲酒酿造技艺的传承和提升。

村内还建立了何氏酒文化陈列馆，展示家酿曲酒的选料、制曲、发酵、酿酒、过滤、贮存等工艺流程，让参观者了解、体验何氏家酿秘制过程。如今，何斯路村的曲酒节和"何氏家酿"品牌曲酒已经成为一张名片，红曲酒收入也一年比一年高，2020 年，红曲酒年销售收入达到 300 多万元。

"何斯路村正以曲酒节为引擎，助力乡村旅游发展，加快乡村振兴步伐。"义乌市城西街道相关负责人说，何斯路村将第一产业和第二产业串联起来，让村民充分享受改革开放带来的红利，这一模式值得借鉴和推广。

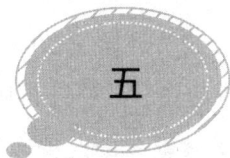

五

第四个故事是关于晨读的。

你一定会很好奇，一般只有学校里才有晨读，一个村子哪来什么晨读，可是说了你还真别不信，何斯路村偏偏有晨读，而且还搞出了大动静。

为了亲身体验一次晨读，那天早上，我特意把闹钟定到清晨 5 时。起床的时候天还没亮，5 时半出门时，黎明的第一缕阳光刚刚从东方升起，给何斯路村镶上一道橘红色的金边……美好的一天开始了。

山坡上，田野里，绿草掩映的小径边，紫色的、红色的、白色的喇叭花儿摇动着身姿，何斯路村的老人已经不约而同地起床，从各个方向聚集到村庄的小广场，开始他们一个小时的晨读。琅琅读书声，唤醒了沉睡的乡村。

"你好！"（微笑，鞠躬）

"欢迎你来何斯路！"（微笑，鞠躬）

"接待游客，微笑有礼。"

"垃圾分类，从我做起。"

…………

晨风习习，炊烟袅袅，晨读的老人个个精神抖擞，学礼仪、唱村歌、学英语，不太标准的普通话，不大整齐的发音，构成了一支美妙的乐曲。

何斯路村的"斯路晨读"开始于2018年4月。每逢农历二、五、八集市日，全村进行晨读，有专门老师领读，力求把文明礼仪融入生活的点滴，在潜移默化中改善乡风民风。

看着老人晨读时认真的神态，感觉他们全都返老还童了，我的内心无限欣喜。

"怎么样？很有意思吧？"村妇联主席何丽娟笑着问我。

"是啊，村里的老人很寂寞，他们太需要集体活动了。"

"斯路晨读"的想法源于何允辉的一次日本考察。日本旅游业发达，与当地百姓接待游客时表现出的素养、态度有很大关系。与日本相比，何斯路村的旅游服务还在起步阶段。为全面提升村民素养，村两委决定发起村民晨读活动，如今已坚持四年。四年来，或许何斯路村民的精神境界还无法达到"家事、国事、天下事，事事关心"的程度，但让他们学会最基本的礼仪，是办晨读班的出发点。

"斯路晨读"班的人员从最初的几十人发展到现在的近百人。在这群特殊的学生中，年纪大的八九十岁，最小的六七岁，还有一家三代的至亲。

晨读的内容主要有："一讲"，即讲政策、讲国家大事、讲村规民约；"二学"，即学礼仪、学文明用语；"三做"，即做好人、做好事，并在晨读中通报表扬；"四练"，即练太极拳，强身健体；"五唱"，即唱何斯路村歌。晨读班上课时间是早上5:30—6:30。

晨读班的每一节课都严格按照以上 5 个步骤进行，村两委委员及村中退休老教师担任晨读班的老师，授课形式生动活泼，深受群众欢迎。"斯路晨读"改"等文化"为"种文化"，文明的种子在何斯路村开花结果，不断刷新着何斯路村的文明高度。

"城乡一体化，不仅在于硬件，更在于思想和文化素质的提高。"晨读以群众喜闻乐见的形式，让大家喜欢听、听得懂，记得住、学得会、用得上。这天清晨大家学的是村规民约，一个村民说，原来何斯路村还有这么多规矩，放声一读，心里更亮堂了。读完村规民约，还读了日常英语会话。此时，我听见老师又表扬了一个过去的吵架高手，现在的爱村典范。

一句简单的问候语、一个微笑，标志着何斯路村在和美乡村建设中又迈出了一步。"上接天线、下接地气；一支话筒、一个音响"，甚至连桌椅都不用，看似简单的"斯路晨读"，不仅实现了让新思想、好声音"飞入寻常百姓家"，还激活了乡土文化，助推了乡风文明。

何有清，村里平时比较散漫的一个人，有时候还会和人吵架。但自从开展晨读活动以来他每次都参加，真的是很不容易。他通过参加晨读改变了不少，时常帮忙做点事。有一次村里乐队在排练的时候，天突然下起大雨，他不知道什么时候冒雨回去，从家里抱来一大堆雨伞给大家用。平时晨读学员吃完早餐的碟子，他都会帮忙清洗，还蒸梨汤给大家喝。这在以前是根本不可能的事情，大家都说晨读让他好像换了一个人似的。年终总结的时候，村里把他评为先进。晨读不仅增进了村民之间的来往，村庄氛围也更加人情化。

节假日，曾经"不爱和陌生人说话"的楼银菊竟然主动给游客当义务导游；晨读前，蹲在路边花坛拔杂草——何洪星又被"加分"；村民何英豪放下家里造房子的大事，坚守晨读现场当好"班干部"；村民何运祥、何银珠夫妇为武汉抗疫捐款 1000元，虽然他们自己家也很困难，丈夫生病，全靠何银珠一个人为村里绿化拔草赚点辛苦钱，家里房子造起来后外墙都没有粉刷。但是他们说晨读告诉我们有国才有家，国家有困难我们就要出力……类似的好人好事不胜枚举。

"晨读班给村庄和村民带来了实实在在的变化，不少村民把'斯路晨读'称为'没有屋顶的课堂'，我们要更好地利用这个课堂，把垃圾分类、文明习惯养成、生态保护等理念传播给村民。'斯路晨读'的做法还上了学习强国平台。"何丽娟说。

91 岁的老人张宝华每次都来参加晨读，笑起来满脸的皱纹像开着花："以前很苦，现在不知好了多少倍，幸福，太幸福。"开展晨读活动后的一大变化是村民的素质明显提高。2019 年村里搞了一个老物件捐赠活动，发动村民把家里的老东西捐给村里开发旅游。78 岁的王金兰捐出了古农具、《毛泽东选集》，总共有 11 件。特别让人感动的是后来有一次她在路上碰到晨读老师，特意叫住老师说，她看了一下文化礼堂，别的农具基本上都有了，但还缺一个铜火笼，她家里有，下次晨读的时候拿过来。后来果然拿来了，有 3 斤多重，一般老人舍不得，因为 3 斤多铜能卖不少钱呢。

为了把"斯路晨读"班坚持做下去，何斯路村两委排出了值班表，每个月一名支委成员加一名村委成员值班，一人负责召集签到，一人负责后勤保障。晨读时，很多老人发自肺腑地说，他们都是苦过来的一辈人，是党好、政府好，他们才有今天这样的好日子。

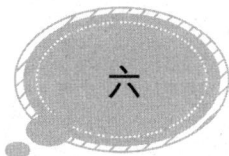

六

第五个故事充满了浪漫情怀。

推开湖边咖啡馆的门，里面的摆设还是老样子。

门又厚又结实，推动的时候还要花点力气。因为刚刚袭来一阵大雨，外面树叶上湿漉漉地滴着水，带着一股清新的味道。推开门的时候，一股冷风呼地一下跟着我一起窜进了门，墙角摆着的盆栽观叶植物轻轻摇晃着。

"你来了。"吧台后的小伙子开口说道，那语气像是见了自己熟悉的老朋友。他转过身，小心翼翼地倒了一杯柠檬水，轻轻地放在我的桌上。

"还记得我？"

"看着面熟。"他不好意思地笑了笑。

我歪着头，装作想了一会儿的样子说："我这是第三次来。"

他又笑了："所以嘛，我说面熟。"

我也点点头："怪不得。"

沉默一会儿，他转身走回吧台。

这是午后3：30，该来的客人都已经来过了，天又下着大雨，位置上除了我，几乎没有什么人。

小伙子看上去很年轻，长得挺帅气。他在吧台后勤快地整理着各种器具，纤细的指头将它们依序逐一清理完毕。

"金华人？"我问。

"不，贵州六盘水。"

"怎么跑这么远来干活呢？"

"来两年了，挺喜欢这个地方。"

我低头喝了一口柠檬水，清香扑鼻，是真香。

任何事情只有自己喜欢了，才有兴趣去做。我觉得挺有道理。

想想我们第一次见面是怎样的一个情景。

那次好像是早上 10∶30 的样子。我走进来的时候，他照例给我倒了一杯柠檬水。

"不上班的时候干什么呢？"

"听听音乐，看看书。"

"听什么音乐呢？看什么书？"

"有点杂，喜欢的都看。"

当时我想，他会不会嫌我问题太多。

但对每一个问题他都耐心想一想，而且不时用眼角的余光扫一扫门口，看有没有客人进来。

"恋爱了吗？结婚了吗？"我炒豆子似的问。

"我还小呢，'00后'。"他用舌头舔一舔上嘴唇，不好意思地笑了。

我笑眯眯地看着他，默默等待着下文。

可他不说了。

"吃点村里自产的红糖麻花，红糖是村里自己打的。"他打开一个小盒子。

"喝柠檬茶的时候有小点心，还是好的。"

麻花的味道很甜，像是谁不小心倒了蜂蜜在上面。此刻外面的雨已经停了，从窗口望出去，志成湖的水变得更加清澈广阔。

"有没有厌倦过？想过换工作吗？"

"没有，我觉得这儿挺好，让我的心很静。"

"还要水吗？"过了一会儿他回来问我。

"谢谢，可以了。"

"再喝点什么，卡布基诺可以吗？"

"随意。"

"有没想过要在这儿长住？"

他笑起来，眼睛里好像有星星在闪烁。

"没有想这么远，快乐就好。"

晚饭很丰盛，有烤羊肉、西红柿、紫红色的苋菜、土豆、青菜、千张，水果有葡萄和枣子，还有软包装的牛奶。

静谧的夜，小村美得像梦境。

这个安静聪慧的小伙子给我留下了深刻的印象，在何斯路村已经有不少从外地来的年轻人，他们把自己美好浪漫的青春与这块创新的土地紧紧地联系在一起。

安徽姑娘刘敏学是"85 后"，在义乌做饰品外贸生意，2014年第一次来到何斯路村，就再也没有离开过。

"第一眼看见就喜欢。到一个村庄就留下来，一住就住了六七年，接下来我还要住个六七年。我一点也不夸张地说，这样的人整个义乌可能就我一个。"

"年轻，可以任性又冲动。"我羡慕地说。

"我走到村里，感觉有一种东西让我眼睛一亮，第一次来的时候就有点兴奋过头。一看就想马上租个房子住下来，当时我身上只有 200 元钱，马上和房主说要交定金。现在我在村里租了两幢房子，一幢拿来做民宿，一幢自己住。我喜欢细水长流的生活，比较悠闲的那种。"

"怎么会突然想到来乡下住？"

"当时就感觉很累，想找个地方休息，冥冥之中就到了何斯路村。一路过来的时候就特别惊喜，喜欢那条进村的路，觉得很美，我称它为魔幻之路。因为是那条路，把我带到了何斯路村。"

"人生有时候会有突然的变轨？"

"是啊，那时候有很多人在帮我的外贸公司干活，我说来村里就来村里，马上把公司关掉，结果很多人失业了，我也管不了这么多，我太喜欢这个地方了。"

从言语里，我能感觉到敏学的那种开心和由衷的快乐。

"你现在的收入没有做外贸时多吧？"我看着她姣好的面容。

"不可以这样衡量，在城里你就是钱赚得再多，也没有这种愉悦的感觉。当然在这里，你也要好好去经营，不能说反正已经有了你想要的生活了，就无所谓了。"

在聊天中她"咯咯咯"笑着，绕着她身旁跑的是她年幼的儿子。我想敏学是在何斯路找到了她人生的桃花源。

"我在山里面出生、成长，我家离黄山很近，所以特别喜欢山，喜欢田园生活。住在何斯路，我觉得天天都在旅游，走出家门就是风景区。我老公是后宅人，家里房子也多，但我们还是喜欢住在何斯路。"

"以前对义乌的印象就是一个商业城市，从来没想到过会隐藏着一个真正的乡村，何斯路仿佛跟整个义乌风格截然不同。"当我说这句话的时候，敏学开心地说，这话说得好，深有同感。

旁边有村民插嘴说，平时敏学很少接受采访，更不愿意抛头露面。如果她肯抛头露面，早就变成红得不能再红的"网红"了。

我还认识了"90后"的刘璐，她毕业于浙江师范大学农村研究中心，本科学的是农村区域发展规划，研究生学的是农村发展管理，目前，她在村里当何允辉的助手。她说，在何斯路村，她学到的知识比课本上生动多了。

"你这么年轻，又是硕士，在小村待得住吗？"

"我喜欢何斯路村，现在工作做起来已经比较得心应手。"

刘璐笑着告诉我，这几年在农村工作，收获还是非常明显的。"我原本是一个很在意别人看法的人，通过在村里工作，学会了跟各种人打交道，看问题的角度与原先有了很大的不同呢！我在何斯路村六七年了，本科时我每学习一个新东西，总是先找方法。现在我慢慢地发现，第一件事情未必是找方法，而是看趋势，这是何书记在一次很深刻的讨论中和我说的，他说一件事情能不能做成功，要看它的趋势是不是正确。"

"村里像你这样的硕士生多几个就好了。"

"我从本科开始做乡村研究，现在已经整整 10 年了，我依然会在这个领域深耕下去。我觉得现在要学的东西还很多很多，远远没有达到我所想要的。我肯定不会放弃已经付出了 10 年努力的专业。"

然而，在农村做事情的复杂性和艰巨性超出刘璐的想象。

"很多事情让我困惑，比如，我原本把所有的事情都安排好了，包括时间节点，包括每个人做什么。但到点时，总有人踩不住节拍，而那个乱子出在我完全想不到的地方。在村里办事，你永远不知道突然什么时候事情就弄砸了。后来想想，就是村里有能力的人实在太少了，我想这也是日常困扰何书记的一个难题。"刘璐说着皱起了眉头，"只是现在大学生都不愿意留在村里。"

"你不是已经开始留在村里了吗？我相信以后像你这样的年轻人会越来越多。"

刘璐眼睛里闪着光，用力地点了点头，我知道她内心的想法和我是一样的。

我暗自思索，为什么现在许多年轻人宁愿在城市漂泊也不愿留在乡村？就是因为乡村尚没有条件成为年轻人安居乐业的好居所，不能为年轻人提供足够的情感支撑和物质支持。如何让乡村也有年轻人所喜所爱的人和事，如何让乡村成为年轻人可以安家立业的地方，正是乡村要努力的方向。年轻人回乡，必须是自发流动，而不是靠其他任何手段强迫。

　　"这些外来年轻人好不好，会直接关系到何斯路村的未来。我要让村民认识到这些外来人的价值，认识到他们这些人身上的优点，他们进驻是给乡村带来进化，是一种引导，乡村百年，进化最重要。外来人带来的财富可不是一般的财富，他们带来的是一种精神和理念。"何允辉不无得意地告诉我，最近一个姑娘来找了他好几次，现在已经谈妥了，她要在村里做一个轰趴馆。轰趴馆造好后会带来年轻人的流量，不仅是全市，甚至全省的年轻人都会跑过来，因为轰趴馆很潮。村庄要发展，一定要有人来租房子开公司、办教育、开卡拉 OK 厅、开诊所……

　　义乌市区的丁婷婷在村里租房子开了一家鱼羊农庄。

　　"这里风景好，来玩的人多，我在这开个烤羊店，吃的人也多。我是 2019 年过来开的，因为来何斯路的人层次都比较高，我们就可以接触到高层次的人，他们能带给我们很多新的信息，我们和他们交往心情也比较愉快，人际关系融洽。"

　　"这个观点很新鲜，因为有高素质的人，所以才过来开饭店。"

　　丁婷婷说话快人快语："有一回，一个河南的县委书记，在店里吃了烤全羊，赞不绝口。我听了特别开心。还有从上海来的客人，要知道上海的客人总是比较挑剔的，但是他吃了我们家的菜后评价也很高。"

　　"你觉得村里的创业环境如何？"

　　"村里非常支持我们外地人前来创业，说我们是他们村的'金主'，村里经常过来指导，对卫生、菜品、食材都有具体的要求，他们也希望我们越办越好。"

村民觉得，这些高素质的年轻人到农村来，就是对村庄的肯定。

这几天，我在村里屋檐下看见了许多小燕子，对于何斯路来说，燕子是吉祥三宝之一。

这年春天，有一只湖南的燕子飞到了何斯路村。她就是村里的"豆腐西施"梁春燕。"豆腐我做，字他写"，梁春燕是和她家先生一块来的何斯路，她先生名叫雷述新，是书法老师。

远远地，我就闻到一股浓郁的豆腐香。

"朋友介绍我们来何斯路，在老家我每年都会做豆腐，小时候就看父母亲做豆腐。我做的豆腐不放任何添加剂，口感特别好，原汁原味，虽然卖5元一斤，但订购的人不少。因为我们的豆腐特别纯粹，特别香。有人用凝固剂、消泡剂，我们一点都不用。"

确实，她家豆腐一推出，那些享受生活的旅游者喜欢得不得了，几十里外的人会只为喝上一碗何斯路的豆浆、带回一两斤豆腐专程跑来，慢慢地豆腐就供不应求了。

"做豆腐辛苦吧？"

"晚上泡豆，早上两三点钟就起来做豆腐。磨豆浆、挤豆浆、煮豆浆，是挺辛苦，但是我们做的是良心豆腐。"

"怎么想到要做豆腐？"

春燕哈哈笑了："我可没想到要做豆腐，何书记说村里要开百工百坊，你就做豆腐吧，应该会有生意。我以前也没有做过豆腐，听了书记的话，就跟村里的一个阿姨学做豆腐了。"

"湖南过来，真的好远啊，生活习惯吗？"

"挺好的，乡下的房租比城里便宜。何斯路居家环境好，我们一家住在这里挺适应的。"

最近，何斯路的"百工百坊"很是热闹。说是"百工百坊"，许多人不理解，也不太懂。其实就是过去的手艺人用现代方式去呈现传统的技法和创意，营销方式却是最时尚的。

"百工百坊"最成功的要数松松家的香包工坊。小香包工艺不是太复杂，2020年一场新冠肺炎疫情对工坊的生意冲击很大，内外订单少得可怜。可松松的脑壳是后浪们的杰出代表，她马上发动何斯路村民夜夜加班，手工缝制7000个香包，用上好药材赶制而成，分别赠送到武汉各大医院诊所。公益活动许多时候感召力超强，15天后，20万只中药包订单如约而至，好几百万元的业务从天而降，小小善举成创业佳话。

小的时候我们经常穿妈妈做的布鞋，舒服漂亮。如今，街头已经不大能看到手工布鞋的影子了。在何斯路村却有一家纯手工的布鞋作坊。作坊主人名叫何献伟。虽然平日在义乌市区从事汽车行业，却从小喜欢传统工艺，有一天突然说要来何斯路开个鞋铺。大家都怀疑，小伙那么年轻，耐得住寂寞吗？小伙子说："心中有信仰，脚下有力量，我就想在信仰线上做一辈子鞋。"鞋铺就这样开张了，制鞋的多是村里老人，老手艺没有丢，千层鞋底纳得扎扎实实。

何献伟说，手工布鞋要通过蒸煮、棉布绲边、纳底、切边、缝合、成鞋等众多工序，每一道工序都精心制作。有一次，一个韩国人到何斯路村开会，订制了一双布鞋后很满意，回去后，就给自己的员工每人订制了一双。

下一步，何献伟还想打造义乌唯一一家集参观、学习以及拜师学艺于一体的民俗制鞋博物馆，并定期举办以青少年为主体的手工制鞋兴趣班，让现在的孩子能参观并亲身参与布鞋的制作流程，深切体会中华民族的传统技艺，重拾过去的朴素文化。

2021年1月10日，何斯路村举办了一场外来创业者走红地毯活动。各个创业团队带着自己的员工走红地毯，每个新居民进行三分钟的演讲，介绍自己的创业经过，说说为什么选择何斯路村，最重要的是提要求——还需要村里为大家做些什么？新居民说这样的活动让他们更有归属感。

村中老人说，没有这些创业的年轻人，乡村就是死水一潭，有了他们，乡村就生机勃勃。这就是年轻人的力量。

第四章

一村之治:
志成湖畔的"乡践与乡见"

　　"湖上微风入槛凉,翻翻菱荇满回塘。"初夏的雨,淅淅沥沥,滋润着这片绿油油的土地;云雾缭绕,绿树葱茏,清溪柔波,烟柳迷蒙。

　　站在志成湖边,我深深地吸了口气,这儿的空气像是被水洗过,格外清新。雨水落在湖面,溅起珍珠般的小水花。这如丝如缕的小雨,把何斯路村点缀得更加闲适、迷人。

一

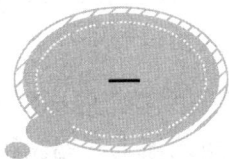

"火车跑得快还要车头带，我们村之所以这两年发展这么快，与村里党员干部所发挥的作用是分不开的。"路上遇见一个素不相识的村民，他这样告诉我。说村里之所以搞得好，就是因为党员起了先锋模范作用。看来何斯路村村民的素质确实与别村不一样。

何斯路村党总支共有党员59名，村两委制作了村庄红色网格地图，党员签订军令状，每个党员结对帮扶2户贫困户，帮助他们脱贫致富。实施党员"吾带头"、党员形象公开等制度，加强对党员的监督和管理，鞭策党员"学习不止步、服务不退步、实干不停步"。

如何让村民尽快跟上时代的发展，是摆在村党总支面前的主要任务。党总支首先想到培育新型农民，巩固乡村振兴之"本"，激发群众脱贫致富的内生动力。党总支紧紧围绕致富奔小康的坚定信念，支持和鼓励更多返乡人员就业、创业，深入开展精神扶贫、文化扶贫，培养了一批"政治素养高、示范带动性强、工作能力突出"的新型农民骨干。

我到的这天，村两委刚刚和中信国安农业公司签下了一个多亿元的合作协议。"这个协议签得很不容易，前前后后磨合了很久，终于给我们签下来了，这是何斯路村加快发展的又一新引擎。"要是换成 10 年前, 一个小村要签这种上亿元的协议, 村两委是想也不敢想的。协议签下之后, 每一位何斯路的村民都可以面向全国采购优质的农产品, 由村民把关产品品质, 村民没有成本压力, 通过包装加工就能获得经济收入, 平均下来一天能挣一两百元……

"以前这里是村子最偏的角落。现在已经有民宿、针灸馆、土菜馆、咖啡馆等 30 多家经营主体, 经营业态非常丰富。"何允辉指着一栋栋房子说。

但以前的环境可没有现在这么好。

2017 年春节发生的一件事深深触动了何允辉。

那年春节, 上海一个游客在何斯路村订了 5 个晚上的住宿。但是第一天住进来后一看, 西边是坟, 南边又是坟, 游客住了一个晚上就走了, 村民自己也觉得不好意思。"必须把坟墓搬迁提上议事日程, 再不搬迁, 何斯路村的好环境要被破坏掉了。"于是, 何氏家族召集几房老人开会, 大家达成共识, 要把村中心的各类坟墓全部搬出去, 统一放置在存放堂中, 村民可以在存放堂进行祭拜。这是何斯路村上有先祖、下有子嗣的重要传承工作, 也是何斯路村务发展中必须走的一步。当时反对的声音不少, 村党总支坚持要把这个"硬骨头"啃下来。经过做各种思想工作, 晓之以理, 动之以情, 并通过抓阄确定了存放的位置。2018 年上半年搬了 400 穴, 下半年搬了 900 穴。剩下的村民也都签了承诺书, 在 2020 年清明节前全部搬掉了。

村民何小梅是最大的受益者, 她家旁边有一穴坟, 一直感觉很压抑，现在坟一移，好像人个子都长高了，一下子透气起来！原以为这辈子都不可能把坟移掉，如今门口的坟却在孩子结婚前移掉了，她感动得直掉眼泪，特意到村委会来请村两委委员吃饭，还提出要给村里捐款，拍着胸脯表示以后村里无论做什么事情都要大力支持。

2017 年何斯路村达标美丽庭院 11 户，2018 年增加到 50 多户。村民从被动由村里出资为庭院种花草，到主动从山上找来花草种在自己的庭院里，现在甚至到花鸟市场买了鲜花装扮自己的庭院，相互比赛谁家的花更漂亮。

如今志成湖湖畔的生态与业态，是何斯路发展的最好见证。最让何允辉得意的是湖畔 2 幢 2 单元的民居里，2020 年 1 月诞生了何斯路教育科技公司，传统文化与现代科技在这里完美融合。开业当天，韩国九届世界围棋冠军曹薰铉、中国女子围棋第一人芮乃伟、围棋国手江铸久到场，与义乌本地棋童现场对弈。

我们走进这个民居小院，迎面看见一套人机对战系统，可以体验职业九段棋手李世石与阿尔法对抗的感觉，这里是爱思通人工智能全国教学示范基地。

"为什么选择何斯路村？"面对我的提问，公司负责人笑着回答："因为何斯路村的影响力不只在义乌，它是一个面向全国、全世界的窗口。"

胡煜成是浙江武义人，1993 年 9 月出生，毕业于义乌工商学院，来何斯路教育科技有限公司之前在义乌市区从事教育管理工作。小胡说："我是 2019 年底到何斯路村的，主要在村里从事数字信息化平台、线上推广和线下活动策划工作。何斯路村重视文化建设，人工智能围棋体验馆是一个全新窗口，从这里出发，为学生提供最前沿的人工智能围棋教育。"

何允辉和我说，何斯路将来必定会朝数字化贸易、数字化乡村发展道路前进，把村庄品质建得更高，真正成为一个国际化小村，与义乌国际小商品之都的城市化建设相衔接。

与村庄环境一起改变的，还有何斯路村民的生活质量。如今，普通村民也住上了别墅，他们总是会很自豪地告诉外地人："住在何斯路，我们真正奔小康了。"

从人工智能围棋教室出来，我走进隔壁的"何允辉乡村振兴工作室"。墙上挂着"中国人民大学经济学院调研点""中国农业大学农民问题研究所博士生研训点""浙江师范大学社会学硕士点实践基地"等诸多牌子，为这个偏远山村营造出了浓厚的学术氛围。2020年9月，清华大学又把"乡村振兴远程教学点"设在了何斯路村。

"清华、浙大等十几所高校、党校，每年都会到我们这里开设培训课程。"何允辉说，走出去、引进来形成的"粉丝经济""流量经济"，在何斯路沉淀转化后，正在奠定村庄学习型经济的基础，未来这里的客人，为的不仅是花海民宿农家乐，更会是教育。

接待的研学团队多了，村里加快了学习型经济的发展。

"这段日子有江西省兴国乡村振兴团、江西省宜黄县政协学习团、长沙市双创培训团等前来参访，日程都排满了。"何允辉说，做有温度的乡村，让到访的人把温暖带回家。

何斯路村先后被评为"中国十大乡村振兴示范村""国家级生态文化村""国家级最美乡村试点村"等，每年接待游客及考察学习团队 30 多万人次。

这些研学团队来自全国各地，集参观、学习、研讨、会务于一体，不仅推动了民宿、农家乐消费的快速增长，还带动了相关产业的发展。清华大学扶贫办教学点、安徽省农村发展研究中心调研点、香港理工大学等多个重量级教学实训基地纷纷落户何斯路村。截至目前，何斯路村的研学总收入达 870 多万元，已接待了来自全国各地的学习团队上千批次，培训班来了之后一般都是住两三天，对乡村振兴有着积极的作用和意义。在何允辉看来，下一步，发展学习型经济肯定会超过卖门票、卖产品，最终目标是把何斯路村打造成乡村振兴的信息交流平台，归集具有发展借鉴意义的乡村实践经验。

在村里采访时，我遇到了江南大学马克思主义学院教授、硕士生导师申端锋，他正在做中国乡村振兴调研。他说何斯路村给他最深的印象是村庄治理有序，水平高，环境好，小细节做得比较完善。从文化方面讲，不是为了搞活动而搞活动，每个活动都是有持续、有内涵的，这些都值得推广和借鉴。他觉得在如何让村民有荣誉感，让村民对村文化产生认同等方面，何斯路村做得特别好。

有一回，何允辉在香港大学做了一个小时的演讲，演讲结束后香港学生看到何斯路村的画面，纷纷问可不可以来何斯路村居住。何允辉说："当然可以呀，只要你对何斯路有贡献。"更多的人则问他是如何治理的。他说："我们的体制是党领导下的新农村建设，只要把党的政策落实到最基层，充分发挥各个团体的作用，让每个村民有参政议政的权力，就能把我们的村庄发展得更好，让更多的人看到希望。"他们又问："乡村怎么让村民看到希望？"他回答："乡村党员要成为所有人的榜样。"这些香港大学的学生很惊讶，何允辉告诉他们，百闻不如一见，欢迎到何斯路村看看。还有英国剑桥大学博士、哥伦比亚大学博士，都表示一定要到何斯路村来看看。

何允辉笑着对我说："村里有好酒，为知己常备，品茶喝酒论道，皆大欢喜。山里人不失豪迈之气，乡村振兴在百家争鸣中前行才是真理！"

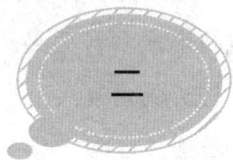

二

我到何斯路村文化礼堂的时候，天正下着大雨，文化礼堂的灯笼在雨中显得越发明艳，红灿灿的海棠开满了庭院，就像村民红红火火的日子。

生活好了，人们便开始追求文化和精神享受。

文化礼堂位于何氏宗祠内，负责人何洪畴是个热心人，他冒雨赶到文化礼堂来接待我。他告诉我，历史上的何斯路村，曾饱受战乱之苦，何氏宗祠在太平天国时期曾两度被烧为平地。何氏后裔几度重建修缮，村民坚信"有志者事竟成"，故名"志成堂"。何氏子孙秉承"天人合一、自然为本"的"何文化"，拙朴的燕子坳、历史悠久的古宅、风景秀丽的卧牛山庄……一代代繁衍下来，没有改变村庄布局。

"簪缨从世，理学传家。富而安分，贵而尚朴。"何斯路人一直继承理学传家的族训，每年大年初一举行新生儿入族谱礼，每逢清明、冬至举行祭祀祖先的典礼。

"开机啦！"酒香不怕巷子深。那日，电影《纸梨花》剧组慕名来到何斯路村举行开机仪式。《纸梨花》是由北京影视公司与何斯路村委会联合出品的公益电影，讲述的是留守儿童的故事。随着剧组的到来，村内民宿早已一铺难求，各式餐饮店餐餐爆满，村里的小孩子有机会客串演员，许多大人也进剧组帮忙。

接着来了《复仇与救赎》剧组。《复仇与救赎》讲述的是一个民国时期道德题材的故事，拍摄现场选在何斯路村老建筑何国元民居内。"何斯路村的这种老宅子，市面上已经很难找到了。房子保护得不错，相对比较完整，前院后院还有当年的气势，非常符合我们这个戏的要求。"电影《复仇与救赎》的导演方芬说，村民给剧组提供的照顾非常多，剧组在这儿拍得很开心。

两个剧组，两三百人的团队长期进驻，给何斯路村带来的不仅仅是餐饮、民宿等富民的商机，还让村民们有了跟剧组近距离接触的机会。村里专门向剧组要求，让村里的孩子们过把演戏瘾，除了增长孩子们的见识，还能让剧组给孩子们包个"大红包"。

"前几天，剧组招人搭外景，既管饭又有工资拿，我就和几个村民一起报了名。在剧组帮忙搬木桩、搭门架，一天有 120 元收入。"村民何建军是场景架设团队中的一员，他说，"干活的时候还能看演员对台词，挺有意思的。"

影视剧组的引入是何斯路村"文化兴村"理念的一种尝试，旨在通过影视基地的打造带动村内文化产业的发展。何斯路村还将成立新媒体剧本原创基地，通过与国内著名艺术院校开展校企联合，下设农村剧、都市剧、喜剧工作室，同时签约老中青三代著名编剧，培育新型文化业态和文化消费模式。

2021 年元旦，何斯路村"尊老日"活动如期开展，首先是开表彰会，分别给予优秀村民红花奖、绿叶奖、全勤奖和奉献奖等奖励，获奖者戴上村民自制大红花上台发表感言。村妇女代表则在村妇联主席何丽娟的带领下，包好 6000 只饺子。下午全村 60 岁以上老人加上新村民在何斯路居家养老中心一起聚餐，给老人煮饺子。该项活动何斯路已经举办了 10 多年，参与的人越来越多。

何丽娟说："这个活动看上去就是包个饺子，其实对于在苦难年代走过来的老人何尝不是一种幸福。记得老年丧子的 86 岁老人何安琴，一口气吃了 30 多个饺子，当时摄影师为老人留下了一张幸福满满的照片。"

村党总支副书记何京民说："包个饺子是小事，但年年包给村里没有任何血缘关系的人吃就是个大事。每一年吃饺子都有新面孔，也要少几张老面孔，吃好了给他们留下一张合照。村子是个大家庭，只有其乐融融、热气腾腾，才是真正的乡村好味道。"

这些年，村里将生态特色旅游与精神文明、乡俗文化、美丽乡村建设等深度融合，村里后先获得"中国乡村旅游模范村""全国妇联基层组织建设示范村""浙江省文化示范村""浙江最美村庄"等荣誉称号。一些从外地来参访的农村干部认为，何斯路村之所以能够成功，离不开村两委的智慧，也离不开全体村民的共同努力。村内正式组织与非正式组织联合发挥作用，正是多元主体的共同努力，才让何斯路村内外联动，成为乡村发展的排头兵。

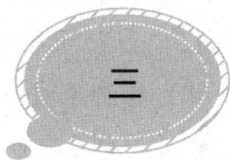

三

如果你夏天去何斯路村，可能就会看见志成湖畔有一群孩子正在练习拳脚，这是何斯路村夏令营每天早上的固定科目——打拳。

2019年，村里有40多个孩子报名参加夏令营，每期夏令营前两周都会安排孩子进行农耕体验——每天去薰衣草花田里割一两小时草。

30岁的何鹏和21岁的何亚男七八年来一直在夏令营做志愿者，他俩都是村里长大的大学生。平时何鹏"扮黑脸"，一脸严肃地给孩子们讲纪律，还要辅导他们的数学；何亚男则是温柔地陪着孩子们听课，当孩子们排队从村里经过时，她总是安静地跟在队尾。

打拳、练书法、拉二胡、学国学，夏令营对孩子们是一种磨炼，全天 24 小时都要待在营里，连晚上都是统一打地铺睡在"何里工作片"的办公楼里，孩子们每天早晨要自己洗好衣服晾起来，傍晚时要把洗漱用品装在脸盆里，一起去洗澡……

夏令营主题有"孝道在我心中""农耕生活体验""感恩文化·大爱无疆""和风润心田""认知、识礼、会担当"等。虽然每年的主题不同，但本质相同，就是让青少年认知大自然、体验农事耕作、感受传统文化。夏令营期间，孩子们还要去参观村里的"何国元民居"，民居门额上题着"茂林修竹"四字。何国元一生不做官、不经商，以务农所得建成此屋。据说他极为勤俭，常年光脚板走路，出门做客才罩件长衫……通过参观告诉孩子们要牢记勤俭之德，不忘创业之艰。

"让乡村变得更好，最关键的是后继有人。"2008 年，何允辉提出以个人名义出资 10 万元为村里孩子举办夏令营，一面组织学生集体授课，一面让孩子"读万卷书，行万里路"。后来发现这个效果很不错，村里孩子不仅长了见识，还提高了道德水平、思想境界与实践能力，于是就一直坚持到现在。如今，孩子们的足迹已遍布北京、上海、杭州等多个地区，10 年共花费100 万元，取名"百万育才计划"。

乡风民风从娃娃抓起。通过夏令营活动，帮助孩子们树立正确的人生观、世界观和价值观，让村里的下一代从小了解"真理的味道"，相信信仰的力量，让孩子从小知道自己的成长，不光有家庭的培育，还有党和政府的关怀、村集体的关心和邻里的帮助，让孩子记住自己的根，长大后回馈桑梓。

在中国快速的现代化和城市化进程中，农村精英纷纷进城另谋生计，谁来守护故土及其承载的乡土文化？农村是个熟人社会，除了父母亲戚，还有邻里，所以农村的孩子是有根的。"教育就是塑造的过程。""乡村外在的美很容易做到，那么乡村的核心竞争力在哪里呢？就是人的心灵要美起来，村民的思想、习惯、精神都要改变和提升。"

何洁是城西街道望道中学的一名学生。她说，这几年自己都会来参加村夏令营，像她这个年龄段的孩子从小衣来伸手、饭来张口。参加夏令营后，她知道一个人要懂得感恩，要学会担当。"等我以后上了高中、大学，暑假也要回到家乡当夏令营志愿者，回报社会。"

何帅是一名艺术学校的学生，从小跟随父母在城市生活，不过这几年每年暑假都回何斯路参加夏令营。"夏令营不仅教会了我许多东西，还告诉我做人的道理，就是要踏实，同时记住了自己的根。"

2020年疫情期间，学校停课了，但为了让何斯路村孩子疫情期间学习不中断，有问题能够第一时间得到解答，村两委发出征集志愿者通知。通知发出后，很多人来报名，还是硕士生居多，这些志愿者恰恰是从夏令营中锻炼成长起来的。课程从小学到高中科目齐全，家长让孩子们前来学习，毕竟在村里学习方便，还能结识何斯路年轻一辈的佼佼者，又不用花钱。

"治贫先治愚"，乡村产业要持续发展，一定要从小培养孩子的良好素质。知识改变命运，教育从孩子抓起，说起来容易做起来难，何允辉说，希望每一个何斯路孩子都成长为心灵干净的人。

四

　　"何斯路民宿很诗意，价格不贵，清爽温馨；何斯路卧牛山上的爱情步道，也值得一走，这里的月季种下去有 10 年了，今天已然成为何斯路年轻人的最爱。你如果得空，可以来走走哦。"那日，何允辉在电话里这样和我说。

　　于是，我又去了。这次我们聊到了中国乡村治理这个大课题，何允辉给我讲了很多平日里听不到的心里话——

　　"何斯路这些年实际上就是践行了习近平总书记'绿水青山就是金山银山'的理念，把它正儿八经变成了钞票。不但变成了钞票，还把村民大大地洗脑了一番。

　　"乡下有好空气，这是大自然对我们的馈赠。老百姓拥有这一亩三分地极不容易，但是很多人不知道爱护自己的资源。比如有些地方把农家乐开得风生水起。很火，火到什么程度呢？你家来了一拨客人，一盘炒青菜卖 10 块钱。我赶紧告诉他我家更便宜，8 块钱。我把你的客人拉过去。然后老百姓天天苦干累干，最后年底一算其实不来钱，为什么？无序竞争践踏了自身的资源。

　　"我平日喜欢讲真话。乡村怎么搞？很多人迷茫。是不是请一个设计大师或者大学研究院院长之类的到村里头去设计？但任何一个设计单位的人不会为乡村的明天买单。其实，一个乡村最有用的东西是对乡村的策划。乡村的策划者很多，书记、村主任，还有乡村在外面发展的成功人士，还有与乡村有关的所有人，他们都是乡村的策划者。要把这些人凝聚起来，把每一个人的智慧发挥出来，就有可能为乡村的明天做一个很好的规划。

"许多人在问我同一个问题，人们为什么来何斯路村？风景、人文、物产，如果凭某一个单项，这里都不怎么样，倘若把这里所有叠加一起，这就是个文明幸福富裕的乡村。

"虽然每一个人的成功都是自己的努力，但是时势造英雄，个人跟大环境是分不开的。我觉得当村干部最重要的是做到不与民争利，要懂得感恩社会、感恩村集体。

"最近的接待比较多，一天都有五六拨。有青年创业者过来求解，也有天南海北来的成功人士到访，当然也不缺各地来的政府团。我总是告诉他们要读懂这里大部分村民的内心世界，才会有收获。要读懂村民的权利、村民的幸福、村民的利益、村民的素养、村民的责任。

"村子发展了，我们就要把农民的保障做好。像养老保险、大额医疗什么的，不能直接给钱，要把后续的保障做得更靠谱。现在有老人说，儿子靠不牢，还是村集体靠得牢，有了保险，将来老了就不用担心。确实如此，农民生活成本很低，花钱基本就在治病上，村里把这些保险交了，他们生活就踏实。

"可以说，改革开放的 40 多年，我们将原本固化的二元结构渐渐打通，让城市和乡村之间的要素交换更加流畅，城市还是城市，乡村亦是乡村，但是，已经不是原来的城市与乡村了。套用一句哲人的话——如此简单，如此正确。一个地方搞得好不好，重要的是打造一个好的团队。我刚回村时，想谋求一两个大学生非常难，稍微读过一点书、有点功德心的人就是村团队的主要成员。

　　"新时代的乡村必须在党的领导下，积极发挥书记的带头作用，才能够让农民真正过上好日子。我是一个平凡的村书记，在'两个一百年'奋斗目标的历史交汇点上，既要充满信心，也要居安思危。真心希望每个村里的书记和党员干部都行动起来，干个20年，乡村会变得更美好！我们都得当行动派，美丽乡村不是靠粉刷出来的，花钱买来的美丽终不靠谱，我们要的是魅力恒久的乡村，而不是昙花一现。

　　"乡村振兴最后的美还是要通过物质文明与精神文明来解读，所有花哨词汇都是苍白无力的。多样性才是乡村的特色。让乡村更自在，让村民更自由！

　　"乡村建设需要内涵，何斯路村或许是未来的巴菲特小镇、未来的达沃斯小镇，今天我们都要做栽树人、浇水人，让下一代、下下一代成为看得见希望的人。"

　　一个乡村书记居然知道巴菲特小镇、知道达沃斯世界经济论坛，让我很是诧异，看来这个乡村书记真的不简单。

　　我听着何允辉的这些话，知道这是他10多年农村实践工作的经验之谈，接地气，鲜活又生动。看来何允辉既能埋头实干，又善于总结农村发展新思路，所以很多地方请他去交流上课。他自己呢，也希望能把何斯路村的一些典型做法和成功经验，分享给更多的村书记，让更多的村书记带领自己的村民发家致富，走上幸福道路。

五

在何斯路村，"心中有信仰，脚下有力量"的不仅仅是村书记、村干部，更有许多普普通通的热心群众，正因为他们有着坚定的信仰，勇于奉献，乐于助人，整个何斯路村才能拧成一股绳，正气满满向前冲。

"现在的工作比退休前还忙，虽然有时会感到累，但想到自己有生之年还能为家乡的新农村建设贡献一份力量，心中感到无比的自豪与骄傲。"何樟根已经是 84 岁的耄耋老人，但只要是为村里办事，依然一身是劲。

每回我在村里见到何樟根，他总是笑呵呵，一张弥勒脸，开心、乐观、善良。虽说退休 23 年了，但自打回村后就一直兢兢业业、不计报酬、任劳任怨地为村里做着各种事情。

"我现在是村里的十大员：义乌市新四军研究会会员、浙江老年电视大学义乌学校辅导员、村老年电大校长兼辅导员、连续多年的村夏令营辅导员、村景区的导游和义务解说员、何氏宗祠宗谱保管员、村老年协会经济保管员、村培训工作组织员、村录像室播放员和村各种会议会场服务员。"还没等我听清楚，他已经像炒豆子似的报了一大串。

我心想，天哪，十大员，该有多少事情要做啊。"那不是要忙得脚后跟打架了？"

"还好，这些工作都是日积月累的，这么多年做下来已经有经验，比较顺手。只要身体吃得消，我会继续做。"

2008 年初，村里筹建了"功德银行"，鼓励村民善言善行。何樟根就主动请缨，担任"功德银行"记分员。这可是件烦琐工作，269 名户主，各个家庭成员做过的好事，不拘大小，一桩桩、一件件记得清清楚楚、明明白白。工作量可大了。但何樟根从不嫌事情细碎繁杂，连字都写得工工整整。

伴随着中国美丽乡村"何斯路模式"向省内外的辐射发散，一批又一批专家学者和乡村基层干部纷纷慕名来考察取经。抑制不住内心的激动和喜悦，何樟根主动向村两委请缨，当起了村里的义务讲解员。从此，一年四季，无论风和日丽还是刮风下雨，总能看到这位皓首老人带着一群又一群的参观者在村前村后走走停停、高声解说的场景。

他说："游客来何斯路村，不光看风景，更想知道背后的故事。我虽然年龄大，但土生土长，见证了何斯路村从山坳穷村到全国生态文化村的美丽嬗变，由我来讲很合适。"时间一长，大家都知道，何斯路村有一位高龄的"义务讲解员"。

何樟根以前当过校长，村里成立老年电大，何樟根又担任了校长兼辅导员。逢农历初五、十五、廿五，何樟根都要为村民上课。教学内容除电大课本外，还包括党的路线方针政策、国内外大事、村中心工作等。何樟根有个习惯，每次上课前一天，他会提前到教室，把第二天要讲的内容写在黑板上。"这是我当老师时养成的习惯，老年人的接受能力没有年轻人快，写在黑板上便于重复讲读。"针对老年学员的特点，何樟根经常讲授科普知识和老年养生保健知识，还自己买来血压计，为老人免费测血压。在他的努力下，村老年电大被评为浙江省电大教学先进单位，何樟根也先后荣获"义乌市最美退休教师""义乌市终身教育先进工作者"等荣誉称号。

"我属牛，牛是任劳任怨，一辈子干活的。我现在住在山清水秀的何斯路村，感觉很幸福，看着何斯路一天比一天变得美好，内心还充满着年轻人一样的奋斗劲头呢。"看着何樟根红扑扑的笑脸，我相信这话是他的肺腑之言。

与何樟根一样，他的弟弟何洪畴也是一位愿意为村里贡献余热的老人。何洪畴退休前是义乌上溪初中的语文教师兼党支部书记，2001 年，退休后住到城里儿子家，开启了清闲生活。2008 年，应何允辉之邀，何洪畴回到家乡何斯路，担起了文化礼堂管理员的重任。一晃 10 多年时间过去了，何洪畴一直活跃在何斯路村文化建设的最前沿，为打造美丽乡村何斯路付出了全部心血。

何斯路的村史和何氏宗谱新中国成立后一直无人整理，何洪畴回到村里后，花了很长时间和精力，与村里的其他几个退休老人分工协作，担负起了村史和何氏宗谱的整理修缮工作。在前前后后一年多的时间里，何洪畴和宗谱组的成员对挖掘汇总上来的全部材料进行架构布篇和行文润色，终于完成了何斯路村村史和何氏宗谱的修缮续谱。何洪畴又以文化礼堂为阵地，组织开展了一系列有意义的文化活动。在他的张罗下，村里成立了民乐队和锣鼓班，多次开展文艺表演。

"出生在何斯路村是运气的，感觉活得有价值。我原先喜欢拉二胡，后来学中阮，现在又开始学演折子戏、三句半等，每天忙得像个陀螺转个不停，特别有成就感。10年前我到外面去，人家问我你是哪里人，我不好意思讲，有点自卑，感觉自己是穷山沟里的人。现在不同了，人家问你是哪里人啊，我会响亮地回答'何斯路人'，他们就会说何斯路村现在不错啊，那自豪感可是从心底突突突地往上冒，压都压不住。"说着他哈哈大笑起来。

早先，村里筹资成立股份合作社发展乡村旅游产业时，何洪畴投了28万股，至今没有一分分红。"当初，村里就明确说要有思想准备，可能很多年不会有回报，我想反正都投在何斯路村，反正是支持村里建设，有没有回报对我来说不重要。只要村里还能用到我，我一定会坚持干下去。"

"莫道桑榆晚，为霞尚满天"，都说革命人永远年轻，此言用在何樟根、何洪畴两位老人身上非常贴切，哪怕年纪再大，他们依然是闪闪发光的"五星党员"。

六

何允辉有一个2018年9月开通的公众号，名叫"乡践与乡见"。他说这是一个"写乡村故事、走乡村道路、做乡村实事、播乡村经验"的平台。他时常在上面发表自己在乡村实践中的体会和做法，思考有深度，内容接地气，字里行间是满满的正能量，而且这些文字很有生活味。

我忍不住读了又读。

前段时间，他留存在公众号上的文字是："做有温度的乡村，让到访的所有人把温暖带回家！不忘初心、砥砺前行，愿用我的行动感召村民，目标没有实现，我们还需努力！"

疫情期间，他留在公众号上的文字是："这次疫情期间，村民的捐款让我很感动。好些人捐出了 1000 元，实属不易。何斯路村一共募集到了 11.4 万元人民币。绝对数量上来说，这个数目并不多，但从历史维度来看，这次是何斯路有史以来捐款最多的，比 2008 年汶川地震还多。2008 年时，全村捐了 2 万多元，还需要劝捐，现在都是自己主动捐款。着重表扬下本村的党员，虽然人数不多，只有 59 人，捐款数额却占了一半，退休党员何京月，个人捐款 8000 元，党员带头，群众自然会跟上。"

薰衣草开花的那段日子，他很开心，公众号上的留言是："薰衣草又开花了，乡村已不是过去的乡村，今天早上 10 点半停车场就停满了车。客人还是上海人居多，少量的欧洲游客，加大量的本地人。"他还发了一个可爱的笑脸。

在参观了金星村后他写道："不出门不知道世界的距离。金星村不仅有好的生态、好的历史机遇，更有一支坚持党引领的干部队伍。70 年如一日，3 位书记各自领跑几十年，这种干劲，自叹不如。"

在给参访团上课后，他写道："要腾出时间多办实事，多做少说。说空话过日子的坏作风，一定要转变，我们能取得今天的成果不容易，国家建设走了很长一段辛苦路，不要再让这种作风延续。乡村振兴需要更多实践者，前人没有给我们现成经验。如何让乡村充满活力，我们需要尝试。工作不是开个会，方案不是一纸稿。"

前不久，何允辉说到选举工作时，是这样写的："回村的道路很梦幻，第一个主任任期 50.2% 的支持率，高潮迭起，侥幸过关。第二个任期 82% 的支持率，明显不一样，有点高票当选的味道。第三个任期支持率 90.2%，第四个任期支持率 92.3%，第五个任期支持率 90%，心在飞扬。村民的眼睛是雪亮的，无论在工作中跟村民有多少摩擦，到最后村民还是会选择给他们带来实惠的人。"

回忆起村子发展的一步步经历，何允辉心里五味杂陈："当好一个村书记真的很难，做一个有思想的村书记更难。孤单地前行，有时觉得很无助；脚步停下，又一定会让追随者失望，让观察者失去对践行者研究的机会，让怀疑者认为有了瓶颈，所以选择逃离。放弃容易，坚守很难，想起一向关心支持关注何斯路发展的许多人，我不能停步，我要对得起他们。"

提到实干奉献精神，他写道："何斯路现在要做的乡村振兴是点燃人们的信仰和意志，记录人们激情四射的干劲。这是一个蓬勃发展的年代，但创业是艰辛的，我们在不为人知的地方流下眼泪，但我们要在人前露出灿烂的笑容。"

当然"乡践与乡见"上也有不少俏皮话：

"村里总还有那么几个人为讨不上老婆发愁，其实担心什么，只要好好干，不坑蒙拐骗，好吃懒做，没有老婆组织也给安排了。你没有神经病，你不是个二，在何斯路还能打光棍啊！让村里正常人讨不上老婆是村两委无能。"

"我阑尾炎住院动手术，村民排队来看我。因为村民都担心我要死掉了，可能觉得我活着对大家是很好的一件事情。"

"跌跌撞撞在乡村奋斗 13 年，再次看见薰衣草熟悉的紫色，内心觉得安稳。"

"一天下来，有点疲倦不堪。记住几天前一位高人的话，放宽自己的心胸，追寻自己的乡村梦！"

截至目前，"乡践与乡见"里已经有 70 多篇原创文章，记录了一个基层村书记的乡村实践经验和各种酸甜苦辣。

《好书记是如何炼成的》这本书，何允辉一直放在手边，一有空就翻开学习，上面密密麻麻地标注着重点。"我们村就在陈望道家乡的旁边，我们要践行陈望道先生的道路，拿出真才实干为建党百年献礼。"2020 年 9 月 22 日，何允辉应邀前往北京参加全国人民代表大会宪法和法律委员会召开的座谈会，座谈会就《中华人民共和国乡村振兴促进法（草案）》征求基层意见，何允辉是全国唯一去参加会议的基层农村书记代表。

"我不否认何斯路是个小村庄，但它也可以做大事，义乌乡村总是在不经意间做最靓的窗口，告诉世界我们的'无中生有'和'点石成金'！"何允辉说，"喝水不忘挖井人。没有义乌市委市政府的坚强领导，没有义乌农业农村局的前瞻性布局，没有街道党工委的支持，怎么可能有何斯路的今天呢。我们要坚守信仰，永葆初心，始终走在中国乡村振兴的前列！"

是啊，何斯路村的发展充分体现了"心中有信仰，脚下有力量"这句话的真实含义，充分体现了"望道信仰线"的打造成果。爱党、爱人民，心中有坚定的信仰，才能够不畏艰险，迎风破浪，一路前行。多元化产业的格局和发展思路让村经济得到长足发展，2020 年，何斯路村民人均收入近 5 万元，村集体经营性收入达 2800 多万元，真正实现了民富村强。

"人民日子好了，拥护党的人自然多。打标语、做宣传是表面，真正的爱党是自发的，是根植于心的东西，即便默默，也永远忠诚。"这是一位基层乡村党总支书记的朴实心声。

2020 年 11 月 26 日，何允辉在微信里和我说："你知道吗？11 月 24 日，全省深化'千万工程'建设新时代美丽乡村现场会在义乌召开，会前，浙江省省长郑栅洁考察了义乌分水塘村、何斯路村，省长对何斯路村给予了充分的肯定。当时我内心非常感动，觉得所有的辛苦和付出都值了。下一步何斯路村将继续打造浙江乃至全国农村的一个重要窗口，用事实来体现中国共产党领导的基层治理水平和人民的生活水平。"

"心往一处想，劲往一处使"，何斯路村在实现中国乡村梦的发展大道上要做的事还有很多。"不忘初心，将初心变为恒心；牢记使命，把使命视作生命"。昨天的成功不代表永远成功，过去的辉煌不等于永远辉煌。只有时刻牢记使命，才能在新时代善作善成，赢得光明未来。现在，何斯路村已经从义乌走向全国，成为全国学习浙江乡村振兴发展的重要打卡地，成为中国乡村振兴的一个标杆、一面旗帜。

第五章

撸起袖子：
石明堂做出"新名堂"

　　漫步在乡间小路，路两旁笔直翠绿的杉树，一直延伸到了太阳升起的东方。空气中弥漫着梨花淡淡的清香，轻灵活泼的麻雀在电线杆上起起落落。极目远眺，水天一色，让人心旷神怡。

　　光秃了两三个月的梧桐树枝干上，抽出了嫩黄的新叶。湖岸边的柳树已经迫不及待眨开了绿茸茸的小睫毛，雪白的泡桐花开了。田野里有各式各样的野菜，香荠菜、野芥菜、野葱、野芋芳、野水芹，都水汪汪透着绿。小村就这样沐浴在清晨的阳光里，坐落在青山的怀抱中。

　　村中房前屋后春花明媚，山风带来乡野的气息，几欲迷人眼……这儿是石明堂村，"望道信仰线"上的又一个美丽山村。此刻，它正以最饱满的姿态迎接一个新的开始。

一

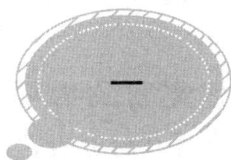

　　沿着村道，从村口的牌坊一路往村里走，就看到了雕梁画栋的王氏祠堂。"这个祠堂是老祖宗留下来的财富，不仅如此，村里还有市级文保单位百年花厅、芝兰厅、瑞芝堂等。"石明堂村党支部书记王曜平说起村里的古建筑资源如数家珍。

　　"这些老建筑，前几年养在深闺人未识，几乎没有人知道，这两年我们正在努力开发，要让它们成为'望道信仰线'上人尽皆知的著名古建筑。"王曜平说。

　　石明堂村位于城西街道西部的一个半山区，四面环山，绿树婆娑，实属天然氧吧。近年来，石明堂村美化村庄、创建文化礼堂、建设休闲公园，把村子的"名堂"越挖越深，也把村子的名气越传越广。

　　入村口不远，有一条崭新的宽 2 米、长约 500 米的游步道，道路宽敞整洁，树间鸟鸣啾啾，在色彩斑斓的花草点缀下，白墙黑瓦的建筑越发显得素雅。游步道两侧种满了银杏，不少村民沿着游步道散步，还有游客在拍照留影。

　　村里有古道 2 处，分别是葛岭古道和何里古道，自兰溪、浦江通往义乌、东阳。走在老街上，几个村民正在铺设石子。"这条老街是贯穿石明堂古村文化的纽带，全部采用石板加石子铺设，与村口的游步道相连接，形成一条古色古香的小道。"王曜平告诉我，下一步，还要将老街的房子进行提升改造，最大限度保留古色古香的原味。

石明堂是"望道信仰线"上古建筑资源最丰富的一个村。王曜平领我去看花厅。花厅在村道的尽头，一转弯就到了。雕梁画栋的花厅已有百余年历史，共有三进院落，最精美的部分是东阳木雕。步入宅院，只见月梁、牛腿、门罩到处都是精美的雕花，可以用"厅堂无处不飞花"来形容。花厅内不管是正堂、迎客厅，还是空闲房、堂楼、两侧厢房，凡屋檐上部都有装饰，雕饰刀法稳健，雕刻精细，用材考究，制作精良。

花厅建筑的外观还采用了西洋的元素，在封檐和窗罩等部位用了石膏堆塑的线脚。前院为 16 间四合院，前厅后堂格局，厅堂各 3 间，楼下会客，楼上住人。两侧厢房数间，弄堂口开大门、大门向西，东西龙虎门相向，石库台门，板门用铁钉门包镶。后院围合成一座三合院，前后院之间有石库门相通，现被住户用砖封堵，照墙上有一颗印式五花马头。

正厅内的楼栅以方木为主，室内多为花草动物图案，太师壁、屏风、条案、八仙桌等都带着历史的厚重。外廊的装饰极尽奢华，沿天井一周有靠背栏杆，人称"美人靠"。想象旧时亭亭玉立的少女，或立、或静坐，在这精雕细刻的栏杆衬托下，自然是美不胜收的一幅淑女图。

两走廊的中间是花园，种有桂花、腊梅、栀子花。整个花厅的内室和走廊地面全铺着一尺见方的窑烧地砖。原先百年花厅被隔成几十间房屋分给村民居住，目前，仍有五六户村民住在里面。事实上，花厅作为百年建筑在功能上已无法满足现代居住舒适性的要求，大部分住户对搬迁安置表示同意。目前，搬迁安置工作启动顺利，因为只有村民陆续搬迁、安置，才能把花厅腾出来原汁原味进行保护。

王曜平说，前段时间去外地学习考察，看到兄弟县市美丽乡村的建设成果，感到自己村还存在差距，"'双星'争创，要让村民和村两委一起行动起来"。王曜平是土生土长的石明堂村人，1979 年生，一个特别有干劲的退伍军人，积极上进，乐观自信，做事很用心。王曜平是部队里入的党，他说："绿色军营培养了我坚强的毅力，作为村书记，我要团结一切可以团结的力量。我非常清晰地意识到要建设真正和美乡村，首先要建立人与人之间的和谐关系，只有人与人之间和谐了，才能尽情地拥抱大自然，才能更好地去感受身边的美，更好地建设自己的家园。"在王曜平看来，石明堂村既有山清水秀的自然风光，也有独具特色的古村文化，这些都是发展乡村文化特色旅游的重要基础。

"2021 年是中国共产党领导中国人民走过的第 100 周年，无数的共产党人历经各种风浪考验而愈挫愈勇、愈折愈强，像松树一样扎根在人民群众之中，扎根在党和祖国所需要的地方，于奉献与拼搏中勃发着自己的青春和生命。现在生活越来越好，乡村越来越漂亮，我们有什么理由不认真做好党的工作，有什么理由不全心全意为人民服务呢？"王曜平拿出《义乌市城西街道石明堂村历史村落保护利用修建性规划》告诉我，按照规划，上述文化古迹都会逐步修缮和保护，并借助游客爱拍照互动的特点，用抖音的形式把村里的特色景观传播和分享出去。

"2021 年，我们要继续做好党员联系群众工作，支部成立了一个微心愿基金会，做到谁家有困难及时上报及时走访。同时文化礼堂也在升级改造，突出王羲之主题文化背景，让更多人了解石明堂人是书圣的后裔。这不，我们已经与义乌市书法协会对接，要把石明堂的书香文章做大做强。'望道信仰线'给我们指明了奋斗目标，我们要鼓足干劲，施展抱负，努力改变农村的落后面貌，也书写好自己的人生篇章。"王曜平说这话时心情激动，豪情满怀。我透过王曜平的激动和兴奋看到了他的责任和信心。

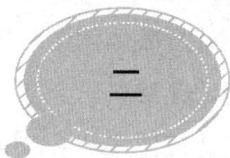

二

　　石明堂有一个传说。很久以前，有一次后伏龙西山的村民送缴皇粮时，验收员发现谷中掺杂着很多沙子，就问：你们的谷子为什么会有这么多沙子？村民回答："我们的稻谷是晒在石砌明堂上的，我们虽然费时费力清扫干净了石砌明堂，但晒上谷子后不知怎么又会有沙子掺杂在里头，我们平时也都吃这种谷子，实在是没有办法啊！"这时刚好县太爷临场听到，他哈哈大笑着说："好一个石明堂啊，收下吧，粮农也不容易。"从此，后伏龙西山就称石明堂村，并一直延续至今。

　　据说，石明堂老祖宗是王羲之的第 19 代后裔，他是东阁大学士，朝廷命官，后来不幸被奸人所害。老祖宗的长子就带着家人逃亡，从绍兴一路逃到了石明堂村。长子看到这里山清水秀，土壤肥沃，顿时心情愉悦，决定在石明堂村驻扎下来。他搭了个草棚，和家人住下来，从此王氏在此繁衍生息，子孙传承一代又一代。现在村里有900多人，姓王的村民据说都是大书法家王羲之的后裔。

我到的那天上午，石明堂村的文化礼堂内，一个特殊的春泥计划夏令营正开营。全村在家的8岁到16岁孩子是这个课堂的学生，这些学生中有本村村民的孩子，也有外来务工人员的子女。这是由村里自办的免费夏令营，已经连续举办6年。为期半个月的夏令营，除了书法课，安全教育、网络知识、乒乓球等也是学习的内容。

"打扫干净屋子再请客，这是最简单的道理。"王曜平开宗明义地说。"扫净屋子"自然就是要搞好环境卫生。2020年，村两委规定，由党员带头，实行分片区包干，全村37名党员，平均每人要分管10余户农户的门庭卫生和垃圾分类工作。

"村里的党员干部一致认为，不是修好了路、建好了房就算建设好了美丽乡村，还要提升整体环境，让人一眼看上去觉得舒服。"现实让村两委认识到，只有积极发挥基层党组织的作用，通过党员包干，建立"村小二"制，带动群众参与，才是做好美丽乡村工作的新路径。

受传统生活习惯等因素影响，有些村民在自家房前屋后盖起了简易彩钢棚，或者将以砖混结构为主的民房用作仓库、厂房、厕所、厨房等。从某种程度来说，这些违法建筑的存在，不仅大煞风景，还对文物保护及开发利用造成不利影响，成为美丽乡村建设路上的"拦路虎"。

为顺利推进该村拆违工作，村里做了大量前期准备工作，力争得到更多村民的理解和支持。其间，网格内的相关干部和工作人员几乎每天蹲守在村里，除了深入农户广泛宣传发动外，还动员党员干部和村民代表有违建的带头自拆。村干部说，那些日子，每天从早忙到晚，累是真累，可心里挺充实的。同时，城西街道也通过"摸清底数、拟订方案、发通知书、正式拆除、拆后利用"的"五步法"，争取到大多数村民的理解配合。

在拆违过程中，多数村民自发将违法建筑里的一些生活物品搬离，并对一些简易彩钢棚进行自行拆除。为保障安全，一些拆除难度较大的砖混结构违法建筑则由街道统一组织挖掘机进行拆除。村里房前屋后共清理 90 余处，绿化面积 2100 多平方米，同时实现了"零强制""零上访"。

在石明堂村，以前大家过的都是"串串棕种种田，弹弹棉花过过年"的农耕日子，没什么文化生活。如今，村里建起了篮球场、乒乓球场、图书阅览室、老年活动中心等基础设施，广场上设置了各种健身器材和儿童娱乐器材，村民文化生活越来越丰富多彩。同时完成了池塘整治、宗祠修缮、自来水改造及生活污水处理等工程建设及环村路等多条主干道路面硬化、绿化、美化。按照石明堂村的资源分布和产业总体设计，全村又分为"五区四线一中心"，分别设置森林休闲区、农家别墅区、耕读山村区、王氏古村区、美丽田园区等区块，把健身养生休闲业、景观农业、书圣文化创意有机统一起来，进一步满足现代旅游的需求。

"退役不忘本色，奉献永不止步"，王曜平身上有着军人不怕苦、不怕累的精神，还有着雷厉风行的行事作风。"我们要把村里的老宅盘活，以房养房，从而分享经济发展的红利，真正服务村民。"新一届村两委达成了一致目标：把信仰记在心头，把责任扛在肩上，进行全村旅游开发。挖掘古村文化，开发旅游资源，真正栽下"梧桐树"，为石明堂村引来"金凤凰"，做出"新名堂"。

义乌自古以来崇文尚武，村里王氏后人王晗珍回忆说，石明堂村在北宋末南宋初期就开始流传一套拳谱，名为《伏龙西山总册》，有一百零八式。

相传清朝年间，伏龙西山人丁兴旺，几乎每个村民都学习拳法。王氏 25 代孙，名水候，村里人叫嘎太公，在当铺里谋生。他手上捧着满满一杯茶、两个大脚指头立在高高的门槛上，三个小后生都拉不下来，并且手中茶水纹丝不动。嘎太公从当铺回家路上，经过石子铺成的街道，凭脚指头就能划开两条长缝，可见脚上功夫十分了得。

到民国时候，邻近有五县人一起追捕一伙歹人到伏龙西山，这些歹徒被当时村里的兰溪伯和几个练拳的壮年拦截在路上，并抓起来送到衙门，至今王氏大堂里还高高悬挂着由五个县令联名赠送的一块"急公好义"牌匾。

石明堂村原来有个旧厅建筑，是当时村民练武的场所。可惜这几年被村民拆除造了新房子。拳谱《伏龙西山总册》也在"文化大革命"中遗失。随着几位长者相继仙去，村子里已经没有人知道拳谱里的招式。

祖拳虽然不存，但石明堂人那股好勇、不服输的精神依然。看着"望道信仰线"上周边的村子都发展起来了，石明堂村自然也不甘落后。

这几年，村两委积极行动起来，通过党员干部的引领示范、分片包干、带动群众共同参与，村容村貌越来越美，水相连，路成网，树成行，古建筑错落有致，村庄整洁优美，村民幸福美满……每个周末、节假日，石明堂村里总有不少慕名而来的游客。村民共享"金山银山"，石明堂村这幅"有名堂"的旅游画卷，正在大伙同心协力的精心打造中变成现实。

王曜平说："前不久，金华市委书记陈龙在全市新任村党组织书记示范培训班上强调，村书记要争当一心为公、实干苦干的好班长。要严于律己，心中有百姓，自己能吃点亏。我要像陈龙书记所说的那样，努力做一个好班长，主动拓宽思路，强化产业带动，让百姓增收致富，让村容村貌更美，让乡风民风更加和谐。"

在"绿水青山就是金山银山"理念指引下，石明堂村紧紧围绕"绿色经济"和"绿色发展"，积极探索乡村发展新思路、富民强村新举措、文化兴村新方略，通过将生态资源资本化，为乡村旅游产业发展与人文打造凝聚共识，一个昔日贫穷落后、名不见经传的小山村渐渐蜕变为山美水美人更美的明星村。王曜平告诉我，下一步村里要利用原水面约 70 亩的清塘湖打造休闲慢生活打卡地，并做好各项配套设施，建设集垂钓、环湖自行车道、游步道、餐饮、民宿于一体的乡村旅游项目。还要做大 120 亩粮食功能区，种植水稻和小麦……等到秋天，一片黄澄澄的稻谷随着秋风起伏，带着收获的希望和喜悦，又会成为市民打卡的一个好去处！

是啊，今日的石明堂，万象更新。广袤的田野生机盎然，绿油油的田野散发出层层柔光，房前屋后瓜果飘香……这写不尽看不够的生气勃勃的景象，都在这飘散着淡淡清香的小村中荡漾……

第六章

全国样板：
一个与党生日同名的村庄

　　清晨，耀眼的阳光把荷塘映照得碧澄澄的，"问子今何去，出采江南莲"。沿着弯弯曲曲的田埂，各色荷花在晨风中婀娜摇曳，微风拂过，荷塘有了明明灭灭的晃动。

　　七月，荷花飘香的季节，我来到义乌市城西街道七一村。七一村，一个与党生日同名的村庄，一个与信仰有关的名字，一个紧跟着党的步伐前行的村庄。

一

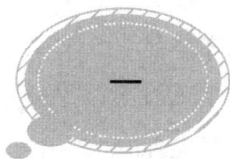

七一村离分水塘村不远，是"望道信仰线"上又一颗璀璨的明珠。2021年是建党100周年，对与党的生日同名的七一村来说，更具有不同寻常的意义。

《共产党宣言》指出，共产党人"没有任何同整个无产阶级的利益不同的利益"。换言之，共产党人没有自己的私利，其所追求的是在社会发展基础之上工人阶级和广大劳动人民的解放。《共产党宣言》明确了共产党人一心为人民的矢志初心。"弘扬革命传统，牢记初心使命"，七一村之所以能从一个力量微薄、困难重重、举步维艰的小村，一步步发展壮大、走向成功，其中就是共产党人牢记党和人民的宗旨，坚定不移完成新时代党的历史使命的具体体现。

七一村境内的东河小学（原香山乡中心小学），是义乌大革命的发源地之一。1925年4月，周恩来秘密到东河见同学何战白，来校给全体师生做了一次爱国救国演讲，之后，学校内有了秘密的党组织。正因为如此，香山脚下这个以党生日命名的村庄，一开始便与红色结下了不解之缘。无论是革命战争时期还是社会主义建设时期，七一村都走在历史的前列。特别是改革开放以来，七一村成为全国党建和农村发展的一面旗帜——

全国先进基层党组织

全国民主法治示范村

全国五四红旗团支部

全国巾帼示范村

全国妇联基层组织建设示范村

浙江省全面小康建设示范村

浙江省文明村

浙江省文化示范村

浙江省党风廉政建设示范村

…………

这一项项沉甸甸的荣誉后面是一份份沉甸甸的努力和付出，是一份份责任和担当。

七一村在 20 世纪八九十年代，是有名的空壳村、穷村，村集体经济收入几乎为零，基础设施落后。近年来，通过一系列为民、利民、惠民措施，七一村华丽转身，成了名副其实的小康村。

我来到七一村，首先参观的是七一村党建生态园。生态园由"党建博览园""生态农业观光园"和"文化创意园"三部分组成，是 2001 年实行全村土地流转，让村民以土地入股形式建立起来的。我听说这是义乌目前唯一集党建教育、休闲旅游观光、绿色农产品生产、花卉观赏、生态湿地等功能于一体的党建生态园。

"6月，藕博园里荷花开；7月，马鞭草花儿开；9月，百日菊竞相开放……"简单几句话，一幅百花怒放图已跃然眼前。

"叶上初阳干宿雨，水面清圆，一一风荷举。"如果恰逢雨后初晴的好天气，生态园里的荷花便能轻而易举地抓住人们的眼球：清澈的水面上，粉红的荷花随波颤动，清风拂过，水珠在花瓣上轻摇慢滚，煞是动人……

莲藕是七一村传统的农业种植项目，东河田藕是有名的品牌。生态园每年的经济效益都纳入村民的年终分红，村民周千霞说："我小时候条件不好，老都老了，没想到还能过上这样的好日子。过年村里分红，我们老两口分到了3000多元，非常开心。"

漫步在农业观光园生态长廊，抬头就能看到长丝瓜、圆甜瓜，游客在这里流连忘返，感受到现代农业带来的"甜蜜味道"。如果走累了，可以体验绕生态园一周的"义新欧"小火车，全程21分钟的小火车穿越阿拉山口，穿过时光隧道，让游客在欣赏美景的同时，坐在小火车上就可以用手机拍照、摄像，定格美好瞬间。

门票20元/人、小火车30元/人、水上乐园38元/人……2017年10月1日生态园正式开园，到10月8日，仅8天时间村里游园火车票、门票的收入就达到486万元，可以说村民每晚数钱数到手抽筋。还有来自德国、波兰、阿联酋等多国的友人，在体验童话色彩小火车之旅的同时，也深深感受了义乌商城的独特魅力。

当时，门票收入数字一出来，村两委都没想到生态园会如此火爆。看来，七一村是抓住了城乡一体化推进的机遇，项目受到百姓的欢迎。我了解到，"生态农业观光园"项目核心区面积 250 余亩，分别包括湿地生态区、绿色农产品生产区、花卉观赏区、服务接待区 4 个功能区块。项目基础设施分 3 期投资建设，目前第一、二期建设已顺利完工。

金灿灿的阳光透过薄薄的云层倾泻下来，我站在 2000 多平方米的七一村党建文化广场前，感受着七一村党建的传承与发展。宣誓台、初心亭、800 米的党建博览墙……在党建文化广场，最吸引眼球的是一面醒目的红色党旗，党旗下方写着"授予义乌市城西街道七一村党委全国先进基层党组织"，落款是"中共中央组织部，2016 年"。大家纷纷在此驻足合影。宣传栏上，村党务工作整整齐齐地展现在大家面前。七一村党员何恃义说："每次我路过党建文化广场，就会提醒自己要不忘初心、牢记使命，要'出淤泥而不染，濯清涟而不妖'……作为村里的老党员，我要听党话、跟党走，坚定信仰信念，投身村务工作攻坚克难第一线。我相信所有的好日子都是干出来的！"

原先七一村生活贫困，许多房屋破旧不堪，如今已经完全变了样。一排排鳞次栉比的花园洋楼，一个个装饰豪华的精致小院，统一的白墙黑瓦和蓝天白云连在一起，与近在咫尺的青山绿水相伴，构成一幅美丽的图画。

因为有信仰，日子才放射出光芒。

是的，是信仰的力量，在引领着七一村的发展；是信仰的力量，彻底改变了村里的落后面貌；是信仰的力量，引导着七一村从一个名不见经传的小村变成全国闻名的党建先进村。

二

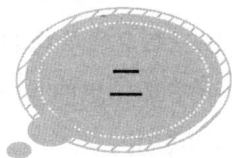

村看村，户看户，群众看党员，党员看干部。

"惟吾德馨"，是他的微信名。

我加他微信的时候，他正在七一村文化礼堂和几个人大代表值班，梳理村民反映的问题。

他的真名叫何德兴，党的十九大代表、义乌市城西街道七一村党委书记。第一眼看去，他就是一个老实巴交的农民，但和他聊天，你就会发现他是一个很有思想的人。

"每个星期二是我们村人大代表接待日，雷打不动，已经坚持了好几年。"何德兴个子不高，皮肤被太阳晒成了古铜色。自从他放弃自己的企业，回到村里一心一意当村干部后，虽然自己的生意一点点黄了，却把原来的空心村变成了集体总资产近8亿元的富裕村。

从2003年习近平同志亲自调研部署推动"千村示范、万村整治"工程，到美丽乡村建设，再到谋划实施"大花园"建设行动纲要……10多年来，浙江不断提升乡村建设水平，促进美丽经济发展。如今的浙江，在宜居、宜业、宜游的美丽乡村建设中走在前列。这两天，何德兴一遍又一遍学习"乡村振兴战略"。"农业、农村、农民问题是关系国计民生的根本性问题，必须始终把解决好'三农'问题作为全党工作重中之重，这段话真是说到了我们农民的心坎里。"他用红笔把重点部分圈了出来,"党中央始终不忘乡村、记挂乡村!这是我们党的为民情怀,是习近平新时代中国特色社会主义思想的具体体现,也是我们农村基层工作者的使命担当。"

说实话,早先何德兴的愿望就是与义乌的许多商人一样,赚一笔钱,让家人过上好日子。到了20世纪90年代中期,义乌许多村庄的集体经济已经搞得有声有色,但何德兴每次回到村中,看到七一村的大部分乡亲还是这么贫困,看到自己的发小还生活在贫困线下,看到自己的家乡还是一副破败的样子,于是就有了带领村民一起脱贫致富的冲动。

他一有了这个念头,马上遭到全家老少的反对。不当老板当村书记,这是脑子进水了吧?何德兴也犹豫了,是不是真的只是一时冲动?真舍得放弃现有的一切,回村里当吃力不讨好的书记吗?晚上辗转反侧睡不着时,何德兴想了又想,觉得人的一生不能只想着自己赚钱发财,还应该有社会担当,个人富了不算富,带领大家集体富了才算富。如果先富起来的自己能够当好村里的领头羊,带领七一村村民一起发家致富,如果能在推动社会进步的过程中最大限度地实现人生价值,肯定比自己独自致富更有意义。

"我可以先试试看,虽然没有当过村干部,但我可以学,如果成功了,能让村民们的生活好起来,我的人生就更有价值。"何德兴下定决心,要回到村里甩开臂膀大干一场。

1997年,在七一村老书记即将离任之际,何德兴毅然把生意托给他人管理,回村当起了党支部副书记。第二年8月,何德兴被任命为七一村党支部书记。于是，义乌出现了第一位开着奔驰轿车的村支部书记。当时何德兴家住义乌城区，每一天，他开车穿梭两地成了家常便饭，从此他为乡村振兴，早出晚归，日复一日……

七一村原本是义乌市原东河乡政府所在地，共有农户630多户，常住人口1453人，外来人口9600多人。

兴建东河综合市场是何德兴上任后做的第一件大事。怀着对这片土地的热爱，上任后，何德兴一腔热血，想把村子搞好。但是说说容易做做难，七一村发展壮大集体经济的对策措施在哪里？如何走出一条农村基层党组织凝聚民心的好路子？何德兴结合先前从商的经验，从村庄实际出发，打算把村里的马路菜场改造成钢架大棚的农贸市场，何德兴深知七一村家底薄，必须以最小的投入换取最大的经济回报。

当时东河的露天集贸马路市场，随着小商贩的逐年增多，摊位凌乱、街道拥挤，已经严重影响了正常的营业和人行交通，把马路市场改建为室内规范经营的集贸市场，已是当务之急。但是当村两委把这件事作为具体工作来做时，却遭到了原先在路边靠出租摊位和经营获利的村民的反对，引来一片骂声，认为此举损害了他们的利益。

面对村民的不理解，村两委并没有退缩，他们决定做通群众的思想工作，经过苦口婆心的说明解释，群众理解了。然而等到市场规划做好了，又遇到了新问题——没有钱。当时村集体资金不仅没有积余，还亏空，建市场的钱从哪里来？村两委商量后，决定把市场沿街的50间店铺拿来招投标选位，而这些选位费可以用来做启动资金和兴办村里的公益事业。

但有人说这样的事情，以前从来没干过，这样做行不行？何德兴认为，做事情不能前怕狼后怕虎，只要符合本村实际，让政策发挥出最大实效就是正确的做法。

没想到的是，第一批商铺竞拍居然有260万元的收益，这时又有不少村民提出把这批款子平分给村民，村两委顶住各方压力，坚持"养鸡生蛋"，用这笔款子造市场。2002年村里投资200万元，建成了占地6000平方米的东河综合市场，并于当年12月16日正式开业。很快，这个市场给村民带来了良好的经济效益。

整个市场分东、西2区，600多个固定摊位，吸引了一大批小商贩前来经营。服装鞋帽、布匹针织、餐饮器具、蔬菜、家禽、粮食、油料、水产海鲜应有尽有，市场一片繁荣。除本地商贩外，还吸引了来自全省各地和江西、安徽、湖南等地的客商。

新市场从建成的那天起就开始源源不断地"下蛋"，市场当年就收摊位费50万元左右。红红火火的综合市场，不仅每年给村集体带来相当可观的稳定收入，还带动了周边地块的商业价值。市场周围便是七一村村民新建的楼房，村民不仅有了在家门口创业的机会，还从旧村改造中获得每年过万元的房租。

市场效益再次带动了周边土地的升值，在七一村进行旧村二期改造时，市场边上的28幢房子投标款水涨船高，达到1560多万元。正因为如此，村民把东河综合市场形象地称为"聚宝盆"。从此七一村不断"滚大雪球"，村级集体资产一年年增加。

因为一心扑在村里的工作上，何德兴自己的物流生意因为无暇顾及逐渐萧条，最后的 2 条线路在 2014 年停办。"有得总有失，我没什么可抱怨的。组织上给了我这么高的荣誉，尤其每次换届选举的时候，村民信任我，我几乎都是全票当选，这就是对我最大的回报，我还能再要求什么呢？我已经很满足了。"

现在晚饭后，何德兴总爱在村里溜达，他那本卷了角的笔记本上，满满地记着村民关心的事。"既然当了村党委书记，就一定要为村民谋福利！"20 多年来，七一村在何德兴的带领下，走"强党建、壮产业"的发展之路，成了全国闻名的美丽乡村。如今，七一村村民年人均收入超过 6 万元。

当选党的十九大代表后，何德兴更加忙碌了。他说："我是农民代表，一定要当好农民的代言人，把农民的期盼和心声带到北京。"

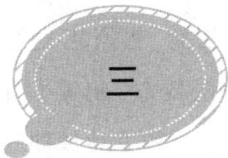

三

"发展得好的村，村两委都很强。"谈到七一村脱胎换骨的原因，城西街道党工委书记陈惠宇把它归功于七一村的党建。基层党组织是党的细胞，细胞活则肌体健。先有思想的自觉，才有行动的自觉，只有党员干部在村里真正发挥了作用，老百姓才会更信服，村庄才会更有活力。

七一村一直致力于基层党组织管理，为此实施了不少创新举措，最受人关注的莫过于党员"十二分制"。"十二分制"规定每名党员有相应的打分考核。扣分的事项包括无故缺席组织生活、不积极走访联系群众等，以此监督党员一定要履行好自己的职责。凡出现一次不符合规定要求的行为，就会相应地扣除分值。记分达到6分的，由党支部通知提醒；记分达到9分的，由党支部进行警示谈话；记分达到12分的，作为不合格党员处置。这一管理机制为每位党员施加了"紧箍咒"，在倒逼党员严肃组织纪律、发挥先锋模范作用等方面取得了明显成效。

何德兴说，"十二分制"是在原来的党员约谈制度上发展来的。实行"十二分制"以后，七一村党员凡事走在村民前面，自觉遵守村规民约，做出表率。"实施'十二分制'后，党员先锋作用更突出，村里很多工作更容易开展了。"何德兴说。

"真没想到，'十二分制'管理起来那么严格。"谈及自己当时的"过失"之举，党员何某有点不好意思。在创建活动中，他的房前屋后乱堆乱放物品，根据相关条例给予扣3分的处罚，并责令限期整改。经约谈教育，何某马上意识到自己的错误，立即将房前屋后收拾干净，并主动督促联系的农户做好房前屋后的保洁。此后，在"五水共治""三改一拆"活动中，何某处处争先，做好表率。

"以党建兴村，找到让群众致富的方法。老百姓生活幸福，才愿意跟党走。产业兴旺是乡村振兴的根本，村两委如果经济抓不上去，说话就不硬气，办事就没有威信。"1997年，何德兴刚刚上任，当时七一村大量农田闲置，村两委决定将所有土地、池塘、山林等收归村集体，统一整合，统一经营。"村民只有感受到了村里的变化，才会支持干部的工作。"何德兴说，下阶段，七一村还将继续利用村中剩余的几百亩土地，统一进行规划调整，持续让村民得到实惠。

正因为培养了一批全心全意为七一村群众服务的党员干部，七一村才能有今天的发展。

随着七一村声名鹊起，全国各地学习参观者慕名而来，多批外省村干部前来"跟班学习"。内蒙古赤峰市选派姚志军、刘凤忠等村干部来七一村，跟着村两委干部边学边干。挂职结束回乡后，姚志军学以致用，将单一煤炭产业转型为以现代农业、休闲观光、非煤加工等为主体的多元经济产业，村集体收入翻了五番。如今，姚志军所在的建昌营村成为远近闻名的小康村，姚志军本人也被自治区评为优秀共产党员。

作为"治村导师"，何德兴毫无保留地与大家分享在村书记岗位上的工作经验，以实际行动践行"先富带后富、先进带后进"，与众多基层书记一起，协力推进乡村振兴。

如今，何德兴身上有很多荣誉：全国劳动模范、全国优秀党务工作者、全国十大杰出村官、浙江省首届金牛奖获得者……但无论身份如何变化，作为一个基层共产党员，为百姓谋幸福的信念从来没有改变过。

四

想当初，七一村刚刚启动旧村改造，随之而来的新房分配问题成为焦点。一旦有失公平公正，旧村改造工程不仅难以推进，还可能成为干群矛盾的导火索。面对村民担心村干部会在旧村改造中"占便宜"的说法，村两委定下了规矩，只有90%的村民住上了新房，才允许村干部建房。

因为这一承诺，十几年来有村干部因为分不到房而闹离婚，何德兴的老父亲直到临终也没能圆上住新房的梦，但这个规矩一直坚持了下来。

"等全村人都住新房了，我再住。"说这话时，何德兴的眼眶红了。他是真的觉得对不起老父亲，这句看似平常的话，对何德兴说来，却有着沉甸甸的分量。正是因为这句话，直到今天，他心中还深深愧疚。为了做好一个领头人，他没有帮父亲完成最后的心愿。

何德兴的父母身体不好，住着两间"赤膊屋"，他们一直盼望着何德兴能让他们圆上新房梦。村里一连分了4次房子，何德兴家都没有轮到。父亲经常问他，别人家都住新房子了，我们什么时候才能住？何德兴每次都和父亲说快了。可没想到2003年父亲突然生病，不久，医院发了病危通知书。

接到病危通知书时，何德兴匆匆赶到医院，医生说老人最多就一个星期了。病床上，父亲含泪问他，家里新房怎么样了？何德兴只能用谎话来安慰父亲："爸，房子分来了，位置很好，已经在装修了。您安心养病，等病好出院回家就可以住别墅了。"

然而5天后，父亲就去世了，去世前他并没有看到心心念念的新房子。从此每年的清明和冬至，母亲一定会骂他："当初我就知道你在骗你爸，我没拆穿你。你爸这辈子就想住个新房，你却无法满足他的愿望，你怎么跟他交代？"

说起这段往事，何德兴忍不住落泪。其实他是多么想让父亲生前能住上一天新房，他觉得对父亲来说自己是个不孝子，连最起码的心愿都无法帮他达成。"这在我心里成了一个永远的阴影，但自己承诺过的就必须做到。作为党的干部，要顾全大局，无法两头兼顾时，只能先顾集体。"

一晃又 15 年过去了，2020 年是第九次分房，也是村里最后一批，终于可以轮到何德兴自己了。此时母亲已经 88 岁高龄，还住在老屋子里。她希望当初老伴要住新房子的愿望能够在她有生之年实现。"母亲时常问起现在房子造到第几批了？我告诉她，地基已经批下来，不久的将来就可以造好。农村的事情就是这样，干部不带头，根本就做不下去。只有干部带头了，百姓整体素质才能不断提高。"

一直来，何德兴都以义乌市委老书记谢高华为榜样，时时处处为百姓着想。有一次，何德兴到杭州医院看望住院的谢高华。"当时谢书记在病床上，身体已经大不如前，可他还在念叨义乌的用水问题，他说义乌的水彻底解决了，他才放心。我听了非常感动，我是土生土长的义乌人，谢书记不是义乌人，却还这样记挂义乌，我们更有责任把自己的家园建设好。"

每个节假日，何德兴都不给自己放假，他说党员干部就是要平常时候看得出来、关键时刻站得出来、危急关头豁得出来，要多做事，少找理由。2021 年，七一村的目标是争取完成投资超过 1000 万元、经营性收入超过 2000 万元的"双千工程"。

习近平总书记说:"农村要发展,农民要致富,关键靠支部。"行走在七一村里,给人的感觉是环境优美、景色迷人,村庄井然有序。我不由得想,头雁领飞,群雁高飞,农村基层党组织过硬,农村工作就过硬。因为农村基层党组织就是党在农村工作的基础,就是我党基层执政的坚定磐石,是领导群众建设社会主义的核心力量。

何德兴的办公室里挂着一幅《岳阳楼记》的书法作品,"先天下之忧而忧,后天下之乐而乐",一个乡村基层干部有这样的胸襟和抱负,实属难能可贵。何德兴说:"作为村党委书记,我要当好实施乡村振兴战略的领头羊,抓好班子、带好队伍是第一责任。当干部就是要有吃亏精神,能吃亏肯奉献,才能树立共产党人的威信。我作为农村基层党组织的一颗小螺丝钉,一定要像陈望道一样坚定共产主义信仰,为一方百姓负责,抓实抓好日常工作,带领农村走向更广阔的天地,去创造中国农村更加美好灿烂的明天。"

这就是一位中国基层党组织书记的心声和追求!

五

在七一村,不能不提东河肉饼。说起七一村的东河肉饼,在义乌是无人不知、无人不晓!

"走,今天带你去吃东河肉饼。"城西街道办事处副主任王飞是个工作特别认真负责的年轻人，为人热情。

听说去吃东河肉饼，我立马来了兴趣，东河肉饼在义乌可是大名鼎鼎。车子开到七一村东河工商街，便闻到满街飘逸的东河肉饼香味。在这条街上，大大小小的东河肉饼店有10多家，每家生意都很好。王飞告诉我有一家名叫"张爱珍东河肉饼王"的肉饼店生意很好，这家肉饼店的肉饼可是出过洋的。

一走进朴素的店堂，就闻到扑鼻的香味，一个薄如宣纸的大饼正在一口平底锅中煎烤。不一会，饼的表层开始冒小小的气泡，翻一个面，看见透明的葱肉馅。不到一分钟，一个散发着香气、色若琥珀的肉饼就在"滋滋"的油煎声中摆在了食客面前。

民国《义乌县志》（卷六）记载：东河，明宣德间（1426—1435年），始祖何文俊由西河迁入。在计划经济时代，东河被划分为三个行政村，即五一村、六一村、七一村。自古以来，东河物产丰富，义乌民谚以"东河谷，柳青屋"来赞美这一方土地。

东河肉饼是当地极富特色的一种小吃，也是义乌人的乡愁所系。也许别的地方小吃，仅仅只是小吃而已，但在东河，在七一村，义乌人却把小吃做到了国外。

那是2018年，"张爱珍东河肉饼王"的店主张爱珍跟随义乌非遗代表团赴美国友好城市马斯卡廷举办特色文化展示交流活动，携手"中国之窗"一道在马斯卡廷共庆中国传统佳节，切实推动两市友好交流合作。

在一周的文化访问中，受当地"总统接待餐厅"马斯卡廷餐厅邀请，张爱珍表演了东河肉饼的全套制作技艺。她魔术般的表演加上东河肉饼的美味让外国友人啧啧称奇。外国友人起初不知道什么是东河肉饼。对于中国美食，他们只听说过煎饼果子、水饺、炸糕等。东河肉饼的外观一下子吸引了他们，品尝后更是赞不绝口，有的甚至连吃四五个还不过瘾。

见我们饶有兴致地东张西望，张爱珍迎了出来，双手沾满了面粉："不好意思啊，你们先坐一坐，刚有客户电话打来订了几十个东河肉饼，我要赶着做出来，他们一会就要来拿的，回头再跟你们聊哦。"

正说着，远处开来一辆黑色的宝马车，"嘎"的一声停在肉饼店门前。车上下来一个酷酷的小伙子，高声对着店堂喊："老板，来 20 个肉饼，打包带走。"

在他等饼的时候，我与他闲聊。得知这位张先生来自东阳，是专程开车到七一村来买肉饼的。"我差不多十几天就来一趟，有时在店里吃，有时打包带回家。一段时间不吃，就会想这馋人的味道。这里的肉饼手艺正宗，味道好。"像张先生这样的铁杆粉丝很多，在店里，有的顾客一口气能吃七八个饼。

"老板娘，来 10 个东河肉饼。"陈女士一家刚游完生态园，便来到七一村工商街。她说，到城西自然要吃点、带点正宗的东河肉饼。尽管受疫情影响，外地游客减少，但东河肉饼销量并没有受到影响，店里生意一直很好。

今年 49 岁的张爱珍已做了 30 年的东河肉饼，对制作方法了然于心，将煎肉饼的火候掌控得很准。30 年来，她足足做了 300 多万个肉饼。凭着娴熟的东河肉饼制作技艺，她先后被义乌餐饮行业协会授予"肉饼大王""面点大师"等荣誉称号。

　　"我们刚开始创业时很辛苦，老公每天骑自行车去买菜，风里来雨里去，后来终于买了一辆雅马哈摩托车，感觉特别心满意足，从来没想过有一天我们也能买汽车。而如今有了切葱机、绞肉机、和面机，还有电烤饼炉，可以自动控温，不会烤焦，人也没有原先辛苦了。"张爱珍笑盈盈地说，"我觉得现在农村人是赶上了好时代，改革开放乡村发展给我们带来了很多商机，让我们发家致富，过上好日子。"她看了一眼整洁舒适的店堂，又不无感慨地补充了一句："我外婆当年也做东河肉饼，可当时连饭都吃不饱。"

　　可如今大不一样了，东河肉饼太受人欢迎了，每天，肉饼店都是门庭若市，一拨又一拨的食客从四面八方赶来，就是为了尝一口正宗东河肉饼。同样在工商街上经营肉饼店的周爱华说："村里建了生态园后，来玩的人多，生意更好了，平时一天做 800 个肉饼，周末每天要做 1000 多个。"

　　小小的东河肉饼承载着乡村的大变化。王飞告诉我，现在工商街上的肉饼店已经用上了真空包装，通过真空包装，能把东河肉饼寄送给远方的亲朋好友，网上也卖得很火呢。

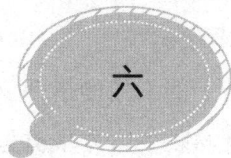

六

　　这几年，七一村村民除了收入发生了翻天覆地的变化外，村庄建设也发生了巨大的变化。

一大早，我跟随何德兴来到七一村党建楼，何书记从架子上拿下一个盒子，里面装着 2018—2020 年连续三年村里"两问大家访"的原始材料，从中可以看到每一位村民的"心愿"。岁末年初，党员干部走访全村——"一问群众村集体最需做的事，二问家里最需帮助解决的事"；然后通过需求导向，理清村两委年度工作任务；每个季度，持续跟进落实——"一问工作推进是否满意，二问需求解决是否满意"，通过效果导向，建立群众评价反馈机制。

在何德兴看来，通过"两问大家访"既提高了村民在美丽乡村建设中的参与度，也提升了村民的认同度。在 2020 年的"两问大家访"清单中，"生态园改造提升"获得了 155 票，被列入 2020 年七一村十大民生实事。

2018 年底，七一村刚开始"两问"征集，村民何恃大提笔写下"希望家门口排水沟不要堵"，很快连着水沟的旧菜市场被拆除重建。一年后，配套有超市、停车场的现代化综合市场开业，商位租金增收 500 余万元。"自己的想法受重视，有人落实，还看得见办事进度，这种感觉真棒。"何恃大说。

不知何时开始村里后溪水质变差了，溪水颜色变黑，鱼虾也见不到了，百姓怨声渐起。

"百姓的怨声，就是干部工作的指令。我们要有一条干净的溪水，留给下一代。"村妇联主席方华英告诉我，七一村党建农业生态园上游水源九龙塘，原先是一个污水横流的门口塘。为此，生态园修建湿地、水渠连通附近多口池塘，同时引入凤眼莲、水葱、荷花、香蒲等水生植物，运用生态理念，使门口塘水质得到有效净化。

"又可以下水捉鱼了。"

"树木还是不够多，我们赶紧把园区绿化再搞好一些。"

"又有文化团队要送戏下乡，园区大舞台项目计划进展怎么样了？"

"我冬至祭祖发现村道破损不好走，反映给来家访的村干部，没想到这么快就动工修了。"

家人"小心愿"变成村里"大实事"。自从七一村在义乌首推"两问大家访"制度后，基本做到"家事即村事，件件有回音"。村民是乡村振兴的主人，主动请村民参与、监督、评判，才能提高群众对村里工作的参与度、认可度和满意度。那天，我在村务公开栏上看到一张"民生实事项目"清单，件件有责任人和完成期限，一目了然。

正是村民一个个心愿的实现，织成了乡村的美好生活。"两问大家访"这项从群众中来、到群众中去的乡村治理妙计，如今已经在义乌全市推广。

在村两委的努力下，七一村不但新建了养老院，还每年给每位老人发放1500元的分红。同时，为村民交纳了每人4000元的养老金和大病医疗保险。何德兴还把自己多年的误工补贴捐给村老年协会，累计捐助达20多万元。让村民过上富裕生活是村两委最大的要务，七一村70%的村民在外经商，10%的村民是种植大户，还有的开厂办企业、搞物流运输等，七一村村民有着义乌人的活络脑子，也不乏吃苦精神。"要管理好一个村，既要依法，还要讲情。所以，当干部的千万不能脑子一热就拍板蛮干。"这是何德兴常挂在嘴边的一句话。

为了保障村民当家做主的权利不受侵犯,七一村形成了一整套村民自治管理的措施。每月 15 日定为党员活动日和村民代表例会日,每周五定为村民咨询日,坚持每月公开村务、财务,并在村班子及党员、村民代表会议上进行通报。

村党委针对外来人口大量增加的实际,创新基层组织设置方式,设立外来建设者联合党支部、青年突击手党支部等,发挥本村党员和外来党员作用,促进外来建设者和本地村民深度融合、和谐共处。不少外来建设者热心参与村里事务,积极向党组织靠拢。在七一综合市场经营熟食的安徽人江胜平就是其中之一,他说:"在这里生活了二十来年,如今在村里有了组织关系,归属感更强,身为党员,一定要为第二故乡多做贡献。"

在七一村还流传着一句话:这里没有外乡人。七一村的外来建设者在这个村子里都享有充分的知情权、参与权、建议权,还享有和当地村民一样的待遇,村里重大决策都广泛征求他们的意见建议。每年年终,村里还开展"我为第二故乡添光彩"先进个人及荣誉村民评选活动,与外来建设者共同营造和谐氛围。

七一村桂花小区居民何敬娟家中客厅里挂着一张全家福,背景就是村中那面鲜艳的党旗。"从没想到能过上这样的好日子,真是托党的福,特别是和周边村庄比,人家都羡慕我们七一村。"何敬娟说她家是村里首批旧改户,2003 年就住上了新房。

村民何关宝告诉我,现在他家每年的房租和分红收入达到

20多万元。在七一村，村民的幸福感、获得感看得见、摸得着，老百姓的日子越过越殷实。

在七一村的党建广场公开栏中，全村92名党员的分值赫然在目。在村里，无论大事小事，老百姓最关注的就是"公平、公开、公正"，只要把这六个字做到家，老百姓就信任党，拥护党。村党委副书记何仲连说出了心里话："我们要乘着十九大的东风，甩开膀子干，以点带面，提升'望道信仰线'的知名度和影响力，体现中国基层党员和群众对信仰的坚守和追求，努力把村庄建设得更美丽。"

自2004年以来，中央一号文件已经连续15年关注"三农"问题。党的十九大报告更是将这一问题推至前所未有的高度，提出要按照"产业兴旺、生态宜居、乡风文明、治理有效、生活富裕"的总要求，实现乡村全面振兴。这是中国农村新巨变的开始，七一村就是这个巨变中的一个样本，它为中国乡村的领导者和建设者提供了可借鉴的样本。

前段时间，我再次来到何德兴的办公室，他正在为村中道路拓宽拆迁忙得不可开交，每晚都12点后才能睡觉。"目前还有很多难题有待攻克，拆迁是块硬骨头，再难啃也要慢慢把它啃下来，不然就会拖义乌发展的后腿。"他放在办公桌上的记事本满满地写着当天要做的事情，看着他疲惫的眼神，我真心感到作为一个农村基层书记的不易。

"累是累，但一分耕耘一分收获，所有付出都值得。每年春节时在村里转转，看到大家欢天喜地的，就是我最大的收获。我从谢高华书记身上学到了敢担当、敢作为，一个书记如果不敢担当,村里的工作就开展不了。前进道路上,难是一种常态,也是一种锻炼。农村工作总有磕磕碰碰的地方,只要实实在在为群众好,我都会义无反顾去做。"

"看似寻常最奇崛,成如容易却艰辛",在七一村的前进过程中,有平川也有高山,有缓流也有险滩,有丽日也有风雨,有喜悦也有悲伤。他们始终相信"心中有信仰,脚下有力量",只要坚定共产主义的理想信念,始终坚持正确的政治方向,就能永葆共产党人的先进性。

红色是七一村的底色。

党建引领是七一村的特色。

2020 年 7 月 1 日,七一村的党旗分外红。各级党组织纷纷来这里纪念建党 99 周年、开展新党员入党宣誓仪式,来自全国各地的考察团也会聚在这座与党生日同名的村庄。2021 年的 7 月 1 日是建党 100 周年纪念日,相信来的人会更多。

习近平总书记说,要推动乡村组织振兴,就要打造千千万万个坚强的农村基层党组织,培养千千万万名优秀的农村基层党组织书记。今天的七一村,已成为全国基层党建和农村发展的样板村。那一面面鲜红的党旗,在空中迎风招展,引领这片土地上的人们昂首阔步向前去,用实际行动表达对党的忠诚,用实际行动向党的生日献礼,用实际行动去开创更美好的未来。

第七章

日新月异:
"红色堡垒"提升民生福祉

　　一条条宽阔平坦向远处延伸的绿道，串起了绿草如茵的堤岸和花海；一幢幢规划整齐的楼房拔地而起，与远处的青山绿水遥相辉映；开阔敞亮的村民广场，干净整洁……"快看，这边游来一群鲤鱼。""咦，那边还有几只小虾。"在义乌市城西街道流里塘湿地公园，村民们三三两两沿着木栈道边走边玩。"这是家门口的大花园，天气好的时候大家都会来走走，赏赏花、看看鱼、拉拉家常。"

　　位于"望道信仰线"上的流里塘村，是一个有着深厚历史渊源的古老村庄。近年来，依托丰富的水资源，通过挖掘水文化，融合美丽庭院和美丽田园建设，打造了一幅"村在林中，水映村容，人游画中"的新景象。

一

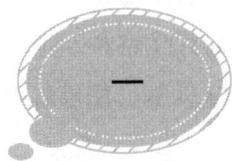

流里塘村有 2000 多人口，农户 900 多户，由流下、里界、前塘 3 个村合并而成。旧村改造后，新村拥有宽敞的道路、整齐的住宅，一下子吸引了众多小企业进驻，村民仅房屋出租一项收入一年就达 1500 多万元，家家户户小日子过得红红火火。

走在村里，各种小作坊琳琅满目，进货的进货，加工的加工，包装的包装，工人们进进出出，扑面而来的是浓浓的制造业气息。

"全变了，不认识了，与我记忆中的家完全不是一个概念。现在我回家呀，以前那个又穷又破的村子不见了，取而代之的是一个时尚漂亮的新农村，特别是流里塘湿地公园建成后，出门就是风景区，比城里人还幸福呢。"在巴西经商多年的村民张俊平回到家里，看到村里的变化大为赞叹！

随着基础设施建设的进一步完善，流里塘村的人居环境发生了美丽蝶变。2020 年流里塘村被评为"五水共治"优秀示范村。一个环境优美、生态宜居、特色鲜明的美丽乡村呈现在人们眼前，居民的幸福指数随之不断攀升。

"2020 年，我们村完成了流里塘湿地公园建设。"流里塘村党总支书记楼顺鑫为人热情朴实，说话总是笑眯眯的。我刚刚在村办公室坐定，他立马兴奋地告诉我："湿地公园建成后，我们村的环境更好了。下一步，村里将结合周边地区生态特征，深挖村庄存量资源，布局开发耕种、垂钓、抓虾、挖藕、采莲等农事体验项目，项目实施后不仅能够提升村庄环境，也能够增加村集体收入。"

楼顺鑫介绍，流里塘湿地公园在长堰水库以南，规划总面积150亩。该项目串起了盆景展销区、湖塘观光区、玫瑰观光区、等7个分区，是在原有池塘的基础上，采用生物措施与物理措施相结合的方式建设的。湿地公园不仅有助于提升流里塘村环境品质，还将助力村民增收致富。

流里塘村辖地内第二、三产业发达，这几年村里外来人口不断增多，村民人均年收入年年提高。楼顺鑫说到这一话题时，眼里放着光。"我们粗粗算了一下，好的人家房子1至3层出租，一年有近10万元的租金，比上班强多了……"早两年，外界对这个村还停留在"位置不错，但村里很乱"的印象上。如今，流里塘村旧貌换新颜，成了金华的样板村。

虽然由于义乌城西经济的火热发展，给流里塘村民房屋出租带来了不菲的收入，但有一段时间，由于出租房屋数量大，房东服务管理意识不强、责任落实不到位，因此治安、消防等存在不同程度的安全隐患，直接影响出租房屋的安全管理和居住环境，流里塘村出现了各种线路私搭乱接、生活污水横流、车辆无序停放的乱象。流里塘村有大大小小的加工小作坊200多家，主要做假发、玩具生意。虽然产业发达，村里环境却不尽如人意。旧村改造后，家家新房前都有一个露天的大院子。不承想这个令人羡慕的大院子，因着村民长年累月的习惯，竟成了藏污纳垢之地，不但影响了美观，更影响了村里的环境卫生。不少住户院子里堆满杂物，不用但是又舍不得扔掉，整个庭院看上去乱七八糟。

"生活富足了，更应该给村民营造一个更加干净整洁的生活环境。"村两委认识到这种发展的不协调，尤其是被评为脏乱差黄牌村后，他们立即召开会议，决心以环境整治为契机，进一步推进村庄文明创建工作。

说干就干，马上行动。整治第一天，"揭底"，对不卫生行为大胆曝光。第二天，村两委带头对主干道进行冲洗，开展村庄环境整治。第三天，发动村民全员参与，加大整治力度。党员组织行动，突出整治重点。第四天，村民积极响应，主动参与，自觉清理房前屋后乱堆放。第五天，在前期清理整治的基础上，开展自查自纠，重点清理道路两侧乱堆放及卫生死角。第六天，集思广益，建立长效保洁机制……在拆违整治过程中，要求群众清理拆除的，党员先清理拆除；要求党员清理拆除的，村党员干部先清理拆除，充分唤醒党员的先锋意识，激发党员的示范引领作用。

中国要美，农村必须美。村庄干净整洁是小康社会的基本要求。习近平总书记在全国生态环境保护大会上强调，乡村振兴，生态宜居是关键，要持续开展农村人居环境整治行动，打造美丽乡村，为老百姓留住鸟语花香的田园风光。

"如果女孩子来村里相亲，看到咱村干干净净，咱家门口清清爽爽，就巴不得嫁过来了。"村委会副主任楼军宪这样动员村民增强环境意识。"建设美丽乡村，就要激发内生动力，多管齐下、全员宣传，调动每一个人建设家园的积极性，只有这样才能人人参与、人人受益。"对此，流里塘村采取长效管理机制，纵深推进环境综合整治。首先，村庄开启了"出租屋管理红色网格""平安＋智慧村居"等管理模式，通过党员带动联系户包干，使全村暂住人口的信息登记率、出租房屋信息登记率、人户一致率等大幅提高，从而使暂住人口的居住环境、邻里关系、租赁关系得到明显改善。其次，每位两委成员分工负责一项具体整治内容，落实责任。于是，条条线线都有了专人管理。

清晨，天边泛起了鱼肚白，村里道路两侧，一些戴着红袖标、穿着红马甲的党员志愿者就开始忙碌起来。"尽管自己家中的事情都很忙，但大家还是踊跃参加志愿服务活动。一起清扫村中道路，清理沟渠，我觉得非常有意义。希望通过志愿者活动，带动身边的群众，从我做起，搞好卫生，共同提升人居环境。"村监委主任、党员楼润强这样告诉我，为了强化规则意识，健全完善村规民约，流里塘村还组建了巡查队，每日开展巡查，对发现的问题进行拍照并督促整改。村里还设立"荣辱榜"，建立微信群，以"微通报"形式，及时通知农户或承租户整改。

为进一步打造平安村居，流里塘村安装了多个监控摄像头，监控室实行24小时专人值班制。在楼顺鑫看来，出租房的租金是村民的主要收入来源，保障出租房安全是首要任务。自从安装了监控摄像头，全村事故下降不少，治安状况明显改善。村中还设立了智能充电桩，既方便电瓶车车主充电，又消除了私拉乱接带来的安全隐患。

遇到租住在流里塘村的江西企业主王学兵，我问他这几年感觉变化大不大，他说："大，可大了，特别是湿地公园建成后，我们村更美了。我弟弟在附近厂里上班，租住在流里塘村，最近他媳妇怀孕了，他每天晚上吃好饭都陪媳妇在湿地公园散步。我租住的那家，房东一年仅租金收入就有 7 万元，不富也富了，眼看着村民的生活像竹子拔节一样'噌噌噌'地往上涨。"

义乌有句老话，"客人是条龙，来了就不穷"。对流里塘村民来说，"承租户"就是家里的"龙"。为了把客留住，流里塘村牢牢守住发展和生态两条底线，努力打造"山青、水净、地绿、路美"的人居新环境，吸引更多的创业者来流里塘村一展身手，更好地提高经济发展能力和村民创富水平。

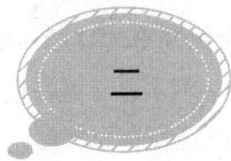

二

促进农民持续增收就是夯实新农村建设的经济基础，"农民富不富，关键看支部"，实现乡村全面振兴，重点在于振兴农村基层党组织。中国特色社会主义进入新时期以来，习近平总书记明确做出"推动乡村组织振兴，打造千千万万个坚强的农村基层党组织"的重要决定。坚强的农村基层党组织厚植于良好的党内政治生态土壤，对于加快实现乡村全面振兴具有十分重要的现实意义。

"建立一个高标准的幸福园，丰富老年人活动。"

"必须充分利用好春季有利时机，全面开展绿化美化工作。"

"要合理规划资源配置,最大限度发挥并村发展的倍增效益。"

…………

2021 年 1 月 5 日,流里塘村会议室,2021 年元旦假期后第一个村集体办公会正热火朝天地召开,村两委班子成员各抒己见,纷纷发表意见。村口的"三务公开栏"上写着大幅标语:"党建强发展强、党建强环境美、党建强民生优",旁边是党员"十二分制"管理计分统计表。"过去管不了,干着急;现在叫得动、干得巧,心情好!"党员干部的辛勤付出与努力,百姓看在眼里,暖在心中,村民纷纷用实际行动配合村里的日常工作,开创了全民参与、全民共建、全民共享的良好局面。

流里塘村是党建四星村,为了更好地促进农村基层政治生态的整体优化,村两委以村党总支为核心,充分发挥全村 68 名党员作用,采取"党员+农户+承租户"模式,深入农户家中做指导、做服务,以良好的政治生态,保障乡村各项工作的高效开展。

党员楼兴良一人联系 9 户村民,平时工作积极主动,每次都能保质保量完成。他说:"我 2000 年入党,当时就是在陈望道故居举行的入党宣誓,中国只有一个陈望道,他是我心里的自豪和骄傲。当时我就暗暗下决心,要以他为榜样,带领村民走共产主义的康庄大道!"

时近中午,村居家养老中心内,老人们陆陆续续来吃饭了。我看见村民楼玉芳、楼王芬正手脚麻利地炒菜做饭,等老人来了就帮老人装菜盛饭。楼玉芳说："对老人一定要好，因为我们每个人都有长辈，对老人好，其实就是对我们的父母好，我们村的孝道是有传统的。"据传，流里塘村人有一个令人骄傲的祖先，他就是夏禹，忠义的象征。夏禹治水13年，"三过家门而不入"，终于完成了治水大业。此后，夏禹成为一代圣君。夏禹传至桀王，被商汤灭。夏禹子孙为避难隐匿会稽山，改为娄姓。至周成王聘请三十三世祖娄云衢归朝，赐添一木，改为楼姓，一直延续至今。

千百年来，先祖忠、孝、节、义之遗风，熔铸了流里塘人纯朴、仁爱之品性。在这里，忠厚孝义，薪火相传。

2017年，流里塘村启动了文化礼堂项目。文化礼堂建好后，每年进行村歌大赛，年底还有一台"村晚"，都是村民自编自导，很是热闹。

居住在村文化礼堂边的楼阿姨，今年70多岁，每天早晚都要出门溜达。这里的点滴变化，她看在眼里，记在心头。楼阿姨逢人便说："万万没有想到我们村发展这么快，变化这么大，我们这些老年人还有这样的幸福日子过！"

"凤凰鸣矣，于彼高岗。梧桐生矣，于彼朝阳。"优美的环境推动了流里塘村的经济发展，给予了外来创业人员"家的感觉"。村民楼赛娟不无感慨地说："现在环境的变化是党员干部引领的结果。开始很多人意识不到这一点，比如有个别人说，弄什么绿道，做了一天营生，累都累死了，还去散步。结果现在我经常看到绿道上好多人在玩乐呢，可带劲了。"

楼兴良说，村民评判党员干部合格不合格的标准很简单，如果你关心我所关心的，那就是好干部。村民关心的每一件小事，如果都能成为党员干部的大事，那还何愁村庄治理不好？

81岁的村民楼南星说起居家养老中心，就会竖起大拇指："领导好，管理好，养老机构真真好！"声音洪亮，中气十足，像说顺口溜，引得大家都笑了。老人穿着厚厚的衣服，一张饱经风霜的脸上，刻满了岁月留下的皱纹，但再多的皱纹也掩饰不住他那快活的神情。

因为租驻在村里的企业很多，村民在家门口就能就业，不需要远走他乡打工。"愿意到哪里干就到哪里干，工资都是现钱，当场干好，当场就可拿到钱。既能够照顾到家里，又有额外的收入。大家都说现在真舒服啊，生在流里塘村，真是有福气。"

谈到当基层村干部的心得，楼军宪多年的酸甜苦辣一起涌上心头。"村干部说好当就好当，当说难当就难当。要干事情一定要有一部分人做出牺牲，不然村里的环境如何能够好起来？如果人人都只顾自己眼前的那点利益，村子岂不乱套了？委屈是免不了的，心里一定要做好挨骂的准备。"他笑着说，"村干部是磨子心。"

我听不懂："磨子心是什么意思？"

"磨子心就是说上面磨到你，下面也磨到你，你夹在中间受气受累。"

我不由得被他的生动比喻逗笑了。

"我以前是个脾气很躁的人，当了村干部以后，不管什么事情都是好话说到脚。在村里你不好话说到脚、态度不好的话，你根本做不了事情。当村干部关键是要会付出，不仅要时间上的付出，还要有精神上的付出，有时候还有经济上的付出。平常村民以眼前的利益为主，不会考虑别的事情。有时候和他说你家门口这么脏，你要清扫一下，他就骂着说我家的门口关你什么事情，要你来管?!总之，很多时候村干部不管做不做事都会挨骂。但是到选举的时候，他们会看长远，看未来的发展，又会理智地进行投票。当然，大部分村民都是好的，他们理解村干部的辛苦，路上碰见都会热情打招呼。"

每个月的第一个星期六是村党员义务劳动日，每月15日是村党员会议，全村68个党员基本上没有人会迟到，一般情况下不允许请假，真的要请假，必须事先说明情况。楼顺鑫说："通过这样的严格教育和管理，党员能够认识到自己肩上的责任，注意自己的形象，从而做好群众工作。"

"法治、德治、自治是维持乡村治理格局良性运转的不同治理方式。"法治属于国家范畴，德治属于社会范畴，自治属于村庄范畴，这三种方式互为补充、互相衔接、缺一不可。楼顺鑫说："农村工作不像表面看起来这么简单，一个村子就是一个小社会，事多且繁，但哪一项都得抓好。老百姓最烦纸上谈'理'、光说不练，村里的大决定和实施方案通过村两委讨论商量决定，公示后没有意见的，实施起来就不讲情面。既要富口袋，更要富脑袋，只有认真干事，才能让村民过上更有质量的小康生活。"

《中共中央国务院关于推进社会主义新农村建设的若干意见》里提出："不断增强农村基层党组织的战斗力、凝聚力和创造力。充分发挥农村基层党组织的领导核心作用，为建设社会主义新农村提供坚强的政治和组织保障。"

当干部就应该能吃亏，能吃亏，自然少是非；当干部就应该肯吃亏，肯吃亏，自然就有权威；当干部就应该常吃亏，常吃亏，才能有所作为。

为什么流里塘村会有如此的嬗变？城西街道相关负责人认为，在整个环境整治过程中，党员干部是打赢这场战役的核心主力军，基层党组织是构建党建引领基层治理的"红色堡垒"。正因为一枚枚党徽在基层闪闪发光，流里塘村才能够"破茧成蝶"。目前，城西街道从顶层设计出发进行规划，传承红色基因，凝聚红色力量，落脚点是乡村振兴，是让老百姓从中获得幸福感，党建强村，产业富民。

如今，绕村庄一圈，车子停放统一有序，房前屋后干净整洁。村民楼辉满意地说："我们村里以前居住环境相对较差，现在村容村貌发生了巨变，外来创业者随之纷至沓来，使得房屋出租价格不断上涨，供不应求。我家的房子，年租金由原先不足3万元，涨到了现在的7万多元。知足啦！"

陈美芳老人现年73岁，与她交谈，幸福感扑面而来："房造了，账还了，不愁吃不愁穿，日子真好过。儿子好，女儿好，媳妇好，孙子孙女都好，感觉好幸福！"

旧村改造后，60岁的王仙华家中有12间房，她特别感谢政府。她说："政府好、村干部好，我们的提升改造才能完成。当然老百姓也好，只有大家相互配合才有我们今天的幸福生活。"

谁说不是呢？这些年，村民脸上的笑容多了、甜了。村里人说，这是这片土地上几辈人最灿烂的笑。

第八章

见证传奇：
"义乌经验"领航电商小镇

　　"我当时怎么都想不到，以前只在电视里见过的习书记，竟然一下子就站在了眼前。"时至今日，70岁的义乌市城西街道横塘村村民金永良仍对10多年前习近平同志的那次走访记忆犹新。

　　2006年6月8日，时任浙江省委书记习近平在义乌调研考察走村访户时，来到了金永良家。当时，金永良正在和自己2岁的孙子逗趣玩耍。

　　"习书记特别亲切，笑着问我家中几口人，孩子是做什么的，平时回不回来。我当时紧张得不知说什么好。时间过得真快，之前吵吵闹闹的孙子也已经上高中了。"金永良每当回想起当时的情景，内心就特别激动。

　　离开金永良家后不久，在距离不超过300米的横塘村村委会议室，习近平同志就学习"义乌发展经验"与金华市、义乌市有关负责人和基层干部进行座谈。正是在横塘村的这次座谈会上，习近平同志将义乌的发展概括为"'莫名其妙'的发展、'无中生有'的发展、'点石成金'的发展"——这12个字，从此成为"义乌经验"最精辟、最生动的总结。

一

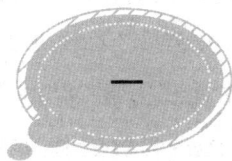

1978 年 12 月 18 日至 22 日，在中国当代史上堪称"拐点"的重要会议——中共十一届三中全会召开，中国改革开放由此启航。

40 多年来，勤劳的义乌人民凭借"鸡毛换糖"精神，让既不靠海也不沿边的浙中农业县逐渐发展成为全球最大的小商品集散地，演绎了一个又一个财富传奇。义乌从"无中生有"到"无所不有"，不仅创造了全球最大小商品市场的奇迹，也使义乌成为折射改革开放走向的风向标城市。

在地方工作时，习近平同志曾先后多次来到义乌，在他的力推下，义乌成为浙江的典范；到中央工作后，他仍然对义乌念念不忘，多次在重要国际交流场合为之"点赞"。

习近平同志在浙江工作时曾指出："义乌的发展是过硬的，在有些方面还非常突出；义乌发展的经验十分丰富，既有独到的方面，也有许多具有普遍借鉴意义的方面。"

2006 年 6 月 8 日，时任浙江省委书记习近平在义乌召开座谈会，推动当时已在浙江掀起的学习"义乌发展经验"的热潮向纵深发展。此前的 4 月 30 日，浙江省委、省政府联合下发《关于学习推广义乌发展经验的通知》，决定在全省范围内学习推广义乌推进全面建设小康社会、走科学发展之路的经验。习近平同志强调，学习义乌发展经验，必须把发挥政府这只"有形的手"的作用与发挥市场这只"无形的手"的作用有机结合起来。"义乌发展经验"由此成为继"温州模式"后，浙江又一个解读与剖析以发展市场经济为价值取向、以全民富裕为最终诉求的中国改革的典型样本。

位于"望道信仰线"上的义乌横塘村就是习近平同志首次提出"义乌经验"并就进一步学习推广"义乌经验"进行部署的地方，当年的重要讲话精神一直鼓舞和激励着横塘村（现为横塘居委会）的发展。

2021 年，是学习"义乌发展经验"15 周年，义乌已经成为"县域经济优等生"与"中国式市场经济最佳典范"，义乌的发展给处于全面建成小康社会决胜阶段的中国改革以重大启示。

时间回到最初，那是 2002 年 12 月 26 日，当时，习近平同志刚从福建调任浙江两个多月。在查看了义乌旧村改造后，他第一次来到义乌国际商贸城，参观了玩具、饰品、工艺品等三个楼层的交易区，听取了当地干部以及中国小商品城集团负责人有关市场建设的情况汇报，并与市场经营户进行亲切交谈。对于首次接触的义乌国际商贸城，习近平同志给予了"建得有档次，看了以后令人振奋"的高度评价。

在当时还是一片黄土工地的义乌国际商贸城二期市场，习近平同志给陪同的当地工作人员留下一句承诺："我今后会经常来义乌看看。"2004 年 10 月 22 日，习近平同志又以中共浙江省委书记、浙江省人大常委会主任的身份出席了 2004 年中国义乌国际小商品博览会的开幕式，他在开幕式上表示，义博会作为国内规模最大、影响最广的小商品博览会，是浙江展示开放形象和市场大省风采的一个重要窗口。习书记称赞义博会秉承面向世界、服务全国的宗旨，对促进国际国内经贸交流与合作起到了重要作用。"让越来越多的海内外朋友了解浙江，让越来越多的浙江产品走向世界，为推进浙江经济融入全球经济发挥更大作用。"

2005 年 8 月 2 日，时任中共浙江省委书记、浙江省人大常委会主任习近平在义乌调研工会维权和现代服务业发展时说："义乌这些年发展非常快，每年都有新变化。义乌表现出来的就是富有朝气，充满活力，名气很大。"这一年，义乌被联合国、世界银行、摩根士丹利银行评为"全球最大的小商品批发市场"，这座发轫于"鸡毛换糖"的浙江中部小城，已成为名副其实的"世界超市"。对于义乌经济社会发展取得的成绩，习书记给予了高度评价。在这次调研中，习近平同志第一次提出"义乌模式"："我们有'温州模式'，义乌的发展应该也是一种模式。"他说，它有这么多有影响力的第一，有这么多走在前面的东西，"最后可能形成一个更为系统的，可以说是符合中国特色社会主义道路的模式"。

随后，浙江省委、省政府派出由省委办公厅牵头的"义乌发展经验"调研组，对义乌改革开放以来的发展经验进行了为期半年的全面深入调研和总结，形成一份长达 1.3 万余字的"关于义乌发展经验的调查报告"。

2006 年 4 月 30 日，浙江省委、省政府联合下发《关于学习推广义乌发展经验的通知》，决定在全省范围内学习推广义乌市推进全面建设小康社会、走科学发展之路的经验。

当年6月8日，习近平同志再赴义乌调研。在横塘村村委会议室里，习近平同志说："这些年来，义乌市在经济社会发展取得很大成就的同时，在许多方面创造了一些好的做法，积累了一些宝贵经验。"从此，"义乌经验"照亮了小商品城的发展道路，如星星之火般在全省乃至全国传播开来。

15年过去了，横塘村除了当年的会议室，一切都已变了模样。昔日的小村落变成了社区居委会，建成了一幢幢崭新的高楼大厦，四通八达的交通、"买全球卖全球"的电商市场，让人根本看不出这儿原先是个农村。

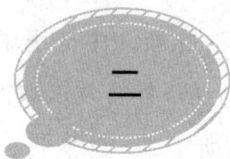

二

然而，当初为了给陆港电商小镇腾空间，横塘村村民做出了巨大的牺牲。

那段日子，每天临睡时，金永良与老伴喻美珍的对话总是关于房子，但讨论来讨论去也讨论不出个结果。

"你说，有没有什么办法能让我们家的房子不拆呢？"

"我也不想拆啊，但我是党员，能不带头拆吗？"

"可党员又不是你一个。"

"但我们的儿子是村委会主任呀，大家都看着我们老金家呢，如果我们老金家都不拆，他们怎么会跟上来？"

"儿子是儿子，我们是我们。"

"我们可不能给儿子拖后腿呀，赶紧睡吧，不要再想了。"

"我们的房子这么好，能不拆还是不拆吧。"

跟义乌的大多数村落一样，横塘村也"以商起步"。从 2011年到 2016 年，因为义乌市的两项重点工程生产资料市场和电商小镇的规划建设，横塘村被整体纳入了城市有机更新的范畴。

"工作组已经进驻了，拆或不拆明天就要签协议了。"一想到住了 20 多年的房子要拆了，喻美珍的眼眶忍不住就红了。

2016 年，金永良家 290 多平方米的独户小院按计划进入了拆除程序。

金永良久久地站在房子面前，一遍遍看，仿佛看一件稀世珍宝，永远也看不够的样子。他舍不得呀，这么漂亮的一个庭院，在他手上一砖一瓦建起来，点点滴滴都是他辛勤劳作的汗水。

"我们得带头拆，你想想看，我们家有五个党员呢。"

是啊，除了老伴，两个儿子和两个媳妇也都是共产党员。喻美珍沉默了，泪水忍不住掉了下来，她没有说话。她知道，她现在唯一的选择，就是毫无怨言地支持拆迁。不管心里多不情愿，也不能给工作组出难题、添障碍。

"如果我们不搬迁，大项目就进不来。大项目进不来，义乌就不能快速发展。这关系到义乌长远和未来，我们虽然是小老百姓，但我们也要有大胸怀。"

"道理我都懂，就是心里舍不得。"

"明天，我们家第一个签，争取第一户腾空，第一个拆。"

"好，听你的。"喻美珍的泪水打湿了枕巾，语气却异常坚定。

金永良嘴上安慰着老伴，其实心里也是一样舍不得。因为这房子对他们家来说还有着特殊的意义。因为习近平同志当年到过他们家，还站在院子里关心地问起他们家的情况。现在每当想起来，还时时有股暖流从心中淌过。难过归难过，家里依然达成共识，表示要在征迁安置过程中，始终积极配合街道和市里的工作。

"不久，我们就会有新房子住，国家不会亏待我们的。"金永良对老伴说。

其实，为了顺利推进横塘村的拆迁工作，城西街道相关人员和村干部前期做了大量工作，主动上门和被征收户交流协商，挨家挨户进行宣传，对百姓心中的疑虑一一耐心细致进行解释。

正是城西街道和横塘村坚持"以人为本、和谐拆迁"的理念，怀着"五颗心"开展工作——接待群众咨询"热心"，调查摸底情况"细心"，听取群众意见"耐心"，核实安置补偿标准"公心"，对困难拆迁户安置"关心"，处处彰显民生情怀，从而使拆迁安置的难点变成了改善民生的亮点，走上了一条和谐拆迁、多方共赢的拆迁安置新路子。很快，横塘村顺利完成了整村协议签订及拆除工作，全村489户家庭都如期拆除了老房子，为陆港电商小镇建设腾出了发展空间，确保了省重点工程如期开工建设。

义乌陆港电商小镇项目整体规划3.3平方千米，项目一期共10幢建筑，包括6幢电商产业楼、1幢数据中心大楼、3幢服务型公寓。如今 5 年过去了，陆港电商小镇生意红红火火，原先的小平房都被高楼大厦取代，知名电子商务服务商、平台商、跨境电子商务企业、电子商务协会、投融资机构纷纷入驻。金永良一家也搬迁到了陆港社区幽静漂亮的香溪裕园新房里。

到 2020 年底，陆港电商小镇先后引进企业 200 多家，不仅有圆通、深圳鲸仓等优秀第三方服务企业，还引进深圳千岸、深圳星商、北京银河在线等年销售额过亿元的 20 余家骨干型电商企业，年销售总额近 50 亿元，直接间接带动就业人员超过万人，一期入驻率达到 99%。一串 3 串闪光的数字背后，是无数人日益舒适、舒心的生活。

"30 年前义乌靠实体店铺改变命运，30 年后将靠电子商务改变命运。"为顺应时势，义乌提出要再造一个网上商城，从有形到无形，从有界到无疆，整个商贸业格局产生了彻底性的方向转变。

"这是我家拆迁后的安置房，31 幢 1 单元 302 室，总面积 105 平方米，就我们老两口住，宽敞得很。"金永良热情地请我到他家参观。我来到老金的家中，他老伴喻美珍快人快语地说："我们住在里面很开心，感觉自己是城里人了。"老金也笑着说："住在这儿是挺好的，首先这里安全，有物业管理，到处有监控和保安。有一次我手机丢了，通过监控找了回来。邻里之间走动也方便，如果下雨了，我们还可以通过地下车库行走，连雨伞都不用打。"

清晨，阳光透过宽敞的窗户照进客厅里，坐在临窗的大沙发上读书、看报成了老金搬进新居后的必修课。老金还专门腾出一间房子，做了一个活动室。每天，他都会与老伴一起在运动器械上锻炼身体。拆迁安置后，老金最大的感受是，有机更新让他家的生活更加美好了。

由于义乌市里的征迁政策处处体现了群众利益，横塘村征迁工作也做得非常到位。老金说，按照政策，政府另外还在小区对面给每家安置户建设了足够的产业用房，多余的房子可以拿出来出售或出租，完全解决了村民的后顾之忧。

在老金新家，我看到了习近平同志当年走访横塘村时的珍贵照片，老金说这是他们家最宝贵的财富，他会一代代珍藏下去。老金还深情地告诉我，习书记当年站在老屋院子的枇杷树下跟他们聊家常。现在老屋拆了，但这棵枇杷树被特意保留了下来，这也是一份独特的记忆。横塘这个曾经的美丽乡村，而今已华丽蜕变成了电商云集的新经济基地。看着眼前的美好景象，老金内心感到无比欣慰。

三

"我们村这边是义乌陆港电商小镇，那边是旧村改造后分配给村民的住宅高楼和产业用房。由于土地全都征用了，2018年，我们村并入陆港社区成了其中一个居委会。"陆港社区横塘居委会党支部书记傅贤贵用手指着眼前的高楼说。这几年来，他目睹了电商小镇的兴起，借助这一历史机遇，村里的年轻人纷纷投身电商行业，目前已经开设了三四十家电商企业，全村每年电商营业额均超过亿元。

"阿里巴巴店家分为 4 个档次，现在我已经做到了最高档。"1988 年出生的村民何献峰长得高大帅气，在土地征用和房子拆迁后，2015 年，他开始尝试做电商生意，没想到一做就顺风顺水，2020 年，电商生意年销售额已经达到 2000 万元。

"电商小镇就在旁边，村里也一直号召我们做电商。快递优惠，培训多，对我们的发展帮助很大。今年我买了 1500 平方米的场地，用来扩建玩具厂。"目前何献峰的玩具厂有六七十个职工，电商有 20 个职工，规模越做越大。

何献峰说，横塘有电商小镇、电商物流园、综合保税区，离"义新欧"中欧班列起点站也就两三千米，这是电商从业者的"风水宝地"。傅贤贵书记告诉我，村里像何献峰这样的年轻人不少，他们正沿着先辈们的红色足迹，认真体悟"勤、刚、商、信、容、强"的义乌精神，以更强的使命感和责任感开启未来的道路。

91 岁的村民金诚春是个与时俱进的乐观老人，他说："以前我们住着砖木结构的老房子，交通差，环境差，人家不愿意来，一点经商环境也没有。现在已经完全城镇化，老百姓安居乐业，观念也发生了很大的变化。我现在住在香裕园的新房子里，环境特别好。"旁边村民插话说，金老爷子现在可享福了，一个人住着 105 平方米的大房子，每天自己烧饭吃，生活极有规律，91 岁的人了，体检时脑血管、心血管指标都挺好。

老人笑呵呵地说："是啊，我早上 5 点起床搞卫生，看养生节目，6点准时收看《海峡两岸》，早饭吃好去逛街赶集，中午睡一下，有空就去地里种种菜，晚上也要看电视的。现在住的房子比我原先的老房子亮堂，有电梯，不用爬楼梯。"

我问他："您90多岁了，能跟上时代的发展吗？"

"别看我91岁了，对国家政策了如指掌。你看，习近平总书记提出的'一带一路'多好呀，这真是最聪明，一列火车穿过这么多国家很不容易的，如果国家关系不好，能做到吗？"他边说边握紧了拳头，又强调了一句，"真的是太不容易了。"

"您天天看新闻啊？"

"当然，我关心我的祖国，新闻一天不漏，我知道这些年国家做得对，所以才会发展得特别快。"老人的喜悦之情溢于言表。

"难怪您能够与时俱进，长寿真好啊！"

"当然啊！我是越活越精神，没有比现在更好的日子了！真的要感谢我们的党和政府。"

"您这么长寿的原因是什么？"

"注重保健呀，每天看中央台的医药节目，心态好，生活有规律，从不胡思乱想。"

我听着这些散发着泥土芳香的实在话，忍不住笑了，然后转头问其他的村民："你们觉得现在的生活怎么样？"

一说到现在的生活，村民们一下子沸腾起来，七嘴八舌的，我一双耳朵听不过来了，不知道该听谁的才好。

"我们有养老金，每个人都有失地保险，老来不用发愁。这样的好日子是上辈子修来的福气。"

"我们有房租收入，每个月都有进账，一套房一年可以租3万多元，如果有2套房就可以租6万多元。每个人还有70多平方米的产业用房，出租后一年每个人可以有1.5万元左右的租金。"

"现在是神仙般的日子，想喝什么就喝什么，想吃什么就吃什么。每天想着到哪里玩才好，就是玩不过来啊！"

"现在村里年纪大的人坐在一块聊天，总是说我们要钱有钱，要房有房，吃得像贵族，住房像宾馆，与原先比啊，真的是一个天上一个地下啊！"

村民金祖潭是个残疾人，原先家里穷得叮当响，有机更新后不仅有了200多万元的存款，房子抽签时还抽到了顶层，住进了140平方米的新房子。他说："我一个残疾人，这辈子根本没想过能住得这么高，现在上下楼都有电梯，轮椅进出方便，对我来说，这真的像做梦一样。不对，不对，做梦还没这么美呢。"他边说边哈哈大笑起来。

过去的10年间，村民们亲眼见证了村子变成了都市，"无中生有"地孕育出电商市场，"点石成金"般地建成陆港电商小镇。

"我们一方面采取新型安置方式，使村民有了更漂亮、整洁的居住环境。"义乌市城西街道办事处相关负责人表示，"另一方面，我们通过土地制度改革，制定政策，给村民配置一定的产业用房，让他们有定期收入。除此之外，我们还通过颁发不动产产权证，让他们可以把死资产变成活资产，可以抵押贷款，一穷二白的农民变成了身家上百万的富人。"

　　"横塘村是'义乌经验'的发源地，我们横塘人自然要勇于担当，走在前列。"傅贤贵说，习近平同志当年的讲话精神是全体村民最好的精神食粮，在"义乌经验"的指引下，横塘村尝到了发展的甜头。随着义乌国际生产资料市场、陆港电商小镇、义乌社区集聚建设进程的不断加快，村民们都说赶上了好时光。

　　虽然在发展过程中，横塘村各类工程特别多，但所有廉洁工作做在前面。村党支部纪委副书记、监委主任金允才介绍，村里财务制度特别严格，账目全部公开，每一笔钱都有村民监督，按照上级财务管理制度去执行，每一个工程都经过公开招投标，而且村两委的亲戚不允许参与招投标。

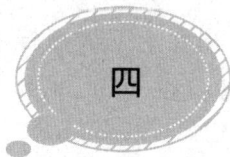

四

　　时光回闪到本世纪之初，面对 2008 年国际金融危机、世界经济收缩的冲击，义乌抓住"贸易便利化"这一市场内生需求，大胆改革国际贸易体制，如今，现实市场与虚拟市场联姻拥抱，位于"望道信仰线"上的陆港电商小镇更是其中的佼佼者。

　　作为全球最大的小商品集散地，义乌从事电商行业的市场经营户主体约有 25 万家，发展势头迅猛。然而，分散在工业区、写字楼、出租房的诸多中小型电商发展壮大后，受制于办公场地、仓储、物流等硬件设施的不完善，扩张之路频频受阻，电子商务产业园便成为他们脱困谋发展的最佳选择。

陆港电商小镇由义乌国际陆港集团投资建设，作为义乌"电商换市"战略的重要载体，陆港电商小镇自 2016 年 12 月运营以来，搭乘"互联网＋"的东风，业已成为国内领先的全产业链电商服务综合体。

为了引来更多的"金凤凰"，陆港电商小镇不断做好服务，优化营商环境。为了让企业少"跑腿"，就得让数据多"跑路"，电商小镇利用云计算、大数据等信息化手段打造"云端小镇"，赋能创业创新，实现"一网通办"。同时，以多渠道招商的方式，成功促成了涵盖物流服务、营销推广、品牌策划、工商财税、法律咨询、生活服务等 12 个大类的 100 余家服务机构入驻，为创业者提供"菜单式"的专业化服务。

那天，我来到义乌陆港电商小镇，看到一幢幢现代化的高科技楼宇拔地而起，让人全然忘却身在义乌郊区的农村。

我走进位于 3 号楼内的义乌市严昆电子商务有限公司，只见办公现场一片繁忙，100 多名电商客服都在埋头工作，一起敲击键盘的声音在公司里回响。手指翻飞的背后是一次次询盘和成交。

义乌市严昆电子商务有限公司是一家综合性贸易公司，经营范围包括网上销售日用饰品、美妆、家用电器、五金交电、针纺织品、洗涤用品、家具等，与全球 32 个国家有业务往来。

我来到公司总经理游俊办公室时，他正忙着与下属讨论一些问题。这 2 年来，各大平台相继在义乌落地，给跨境电商带来了新机遇。严昆公司也多点开花，分别在 eBay、wish、Shopee、速卖通等平台开设店铺。"2020 年，东南亚、中东等地区成为跨境电商新的增长点。"游俊说。

"之所以来义乌，是因为义乌的货源和快递优势明显。我是江西人，原先在江西做生意，后来发现江西发快递每单要比义乌多 8 元钱，就下决心把整个公司搬到义乌来了。说实在的，义乌这块土壤适合创业，政府包容心特别强，义乌政府与陆港电商小镇给了我们很大帮助，这也是吸引我来义乌的一大原因。

"做跨境电商最难的是选品和物流的把控，再者是运营。跨境物流时间长，我们要把物流做到极致，这样才有利润。我们一部分货走邮政，一部分货通过国际商业专线直接出去，还有一部分货通过'一带一路'到西班牙马德里。"

游俊说话慢条斯理，但说到陆港电商小镇给他们创设的好平台，语调就高了三分。"我 2016 年来到陆港电商小镇，这儿确实方便，我把房子也买在附近。园区相互学习的氛围不错，还会组织一些大咖到义乌来为我们员工上课培训，免费组织优秀企业相互交流经验。特别是 2020 年疫情期间，我们复工比较早，2 月 12 日，金华市委书记陈龙、义乌市委书记林毅等领导专程来看望我们，为我们送来了口罩，极大鼓舞了我们的复工信心。"目前，严昆公司已经注册了自己的品牌"yanqueens（严女王）"，下一步公司要继续做大自己的品牌。

在义乌大岳网络科技有限公司（以下简称"大岳科技"）见到负责人岳显时，他正拿着电话开心地和别人谈生意。

　　大岳科技在未搬入陆港电商小镇之前，一直"隐居"在老旧的工业区，办公条件简陋，企业发展受到诸多限制，急需一处新的办公场地来扩大经营规模。2017年，陆港电商小镇招商团队通过精准招引与岳显进行对接，向其介绍了招商扶持政策、软硬件环境、人才与用工等诸多扶持企业的举措。"精诚所至，金石为开"，同年5月，岳显把公司总部搬进了陆港电商小镇，一同而来的还有100余名公司业务骨干。根据义乌及陆港集团出台的招商实施细则，大岳科技还可享受到政策扶持和租金减免等优惠，经营规模随之扩大，人才队伍得到补充，销售范围涉及欧洲、北美等多个地区，跨境产品年销售额突破1亿元。

　　岳显说，入驻陆港电商小镇有两大好处。一是小镇"背靠"全球最大的小商品集散地，市场内有180多万种商品可供企业挑选，即使是初创型的电商企业，也能快速找到符合自己要求的产品；二是快递和仓储成本低于一线城市20%以上，无形中降低了中小型企业物流成本。目前，大岳科技在美国和德国分设了两个海外仓，每月都有来自义乌市场的小商品被源源不断地运送至上述两国的海外仓，增强了客户的购物体验度。同时该公司在当地注册了"charmsun""Diet Yummy"商标，为品牌积累口碑，扩大传播力。

　　说起来，岳显身上也很有故事。

　　1987年出生的岳显来自河南，最早是跟随姑父在义乌工地上干活，那时候还很小，才13岁。家中条件差没读书，家里说，你出去只要有一口饭吃就行了。

岳显说，义乌是个特别包容的城市，是中国草根创业的宝地。稍微勤快点的人在义乌就能赚到钱，因为当时改革开放刚刚开始，义乌商机无限。15 岁，岳显在义乌开了一家台球店，一年后 16 岁的岳显开始做饰品。同行都叫他小屁孩，因为见他小，都比较照顾他。为了显得大一点，岳显把发型剃得老气一点，还穿上了唐装。

岳显说："在义乌创业碰到过很多困难，但是回头看看你会觉得这些困难都不算什么。比如一开始碰到的最大困难就是资金问题，没有钱你怎么办？然后就是什么都不懂，什么都不会做，你得去学习。"

岳显开始办饰品厂时，把台球桌卖了几千块钱，然后到农民家租了两间房子，到木材市场买了两块大木板搭起来就是工作台。卖台球桌的钱马上就花完了，但事情还得做，当时吃饭都困难。岳显甚至上街去捡各种塑料瓶，然后拿去卖，卖了饮料瓶，买挂面，一元钱两包，天天吃挂面。菜呢，是农民种了吃不完摘点送给他的。

"现在回想起来，那段日子挺开心的。虽然很艰苦，但是内心觉得有奔头，浑身有用不完的力气。"

2005 年厂子已经走上正轨，一年做下来有二十来万元存款，岳显觉得好厉害，感觉有点飘了。

结果，那年就出事了。当时是梅雨季节，因为电镀技术不过关，上午做出来，下午颜色就变了。一批订单连续做、连续做，不断出现同样的失误，最后都不合格。这批货岳显不仅交期延迟了，为赶时间只能空运到美国，所有费用由岳显承担，空柜的赔偿费也全部由岳显承担。最后，客人说货是收到了，但是过了时效他们没有办法正常卖货了。这笔生意让岳显损失了所有，还欠了一屁股债。

"没办法，我老婆重新去上班做翻译，我去摆地摊，到各大商场门口和菜市场卖'9块9'。当时卖'9块9'，一天也能赚个三四百块钱，一个月万把块钱，但不满足，觉得这样一辈子也翻不了身。后来就找了一家公司上班，上了3个月的班就升为经理，给我开的工资是每个月8000元，我学会了老板身上的很多优点，还有团队协作能力。老板对我不错，但想来想去还是下决心重新出来创业。"

2009年，岳显租了朋友工厂2间房子，还是做饰品老本行。"当时饰品的利润特别好，白天我们出去采购原材料，晚上回来生产，累了就在机器旁边地上直接睡。当时价格随便我们叫，我们说5元就5元，说10元就10元，价报给客户，客户都接受，产品非常受欢迎，3个月时间就赚了70多万元。然后又把70多万元全部投到工厂里，租了1500多平方米厂房，买了机器，算是当上了正规军。"

2012年，岳显把饰品的重点转到了工艺品上。2014年，岳显转行做电商，他认识几个电商朋友，觉得他们做得还不错。当时不少做传统产业的人都看不起做电商的，岳显却觉得这个产业前景不错，学了一个星期后，就开始自己做。

"我提前通知原先的客户，年后不再接他们的订单，不再帮他们做产品，把他们介绍给朋友的工厂。当时我和自己说，做事情不要给自己留后路，留后路你总会往后看，你如果留着厂可能电商做不好就会回头。把这个后路斩断了，才能一门心思往前走。当时 6 元钱的产品在网上可以卖 26 元，我一个人做，一天也能做 500 单左右。2015 年开始招兵买马，当时正是电商红火上升期，虽然中间也有很多磕磕碰碰的事情，特别是做跨境电商，会碰到一些霸王条款，被骗时损失挺大的。2019 年我转做境内电商，结果又被境内一个平台坑了 800 多万元。2020 年国内、国外暴发疫情，还有中美贸易摩擦等都对我们企业有影响，订单是有的，但是你货发出去以后，钱能不能拿回来是个未知数。"

岳显实诚地说："在今年这种情况下，我们只有实在一点。订单不多拿，但是利润必须定高一点，那么万一出现状况拿回一部分钱就能够保本，这是我们的底线。生存最重要，有好机会的时候，你要想着能赚多少钱；没有好机会的时候，要想着我怎么才能够活下去，活到风平浪静，有好机会的时候再出发。我们最多的时候和 200 多个国家做生意，现在慢慢压缩至 100 多个国家。我们永远走与别人不一样的道路，我们现在的特色是机器人运营，无人化服务。"

岳显站到窗口指给我看那不远处的白色房子，说那就是习近平同志当年开会的地方。他激动地说："你看你看，就在那里，我每天从窗口都可以看到。"说这话的时候他像小孩一样雀跃。接着他语气毫不迟疑，非常坚定地告诉我："我信仰共产党，信仰社会主义，在中国，你不信仰共产党，你还信仰啥？"

五

2020年4月，陆港电商小镇孵化中心结合"最多跑一次"改革与"首办责任制"，用心做好"三服务"，受到科技部肯定，成功捧回"国家级众创空间"的金字招牌。消息一出，创业团队纷至沓来，孵化中心一时门庭若市。

陆港电商办公室主任傅佳燕说："目前电子商务企业碰到的最大困难就是人才问题，如果我们服务不好不能留人的话，也就留不住企业。"

"金鹁鸪，银鹁鸪，飞来飞去飞义乌。"一次次对接，一场场现场会轮番上阵，一次次倾听项目需求，一次次聚焦围堵难点，一次次提升要素配置精准度……与此同时，2020年1月，陆港电商小镇二期项目预招商，以"互联网＋商贸"为发展主线，开发了直播电商基地、网红经济中心、电商产业链服务基地等八大行业服务平台，全方位助力电商发展，加快义乌中小型企业转型升级，为义乌电商企业"买全球卖全球"提供服务和支撑。

陆港电商小镇楼宇里企业众多，主导产业从业人员中大学及以上学历达3100余人，以"90后"为主，学历层次高，思想活跃，如何做好新时期的党建引领至关重要。

早就听说陆港电商小镇的党建工作颇有特色。果然，那天一进办公楼就被红色文化长廊吸引了。"党建引领谋发展，同心同德促跨越""加强幸福小镇建设，提升职工幸福感"，墙上一面鲜艳的党旗迎风招展……电商展示馆、人才中心、党员标准会议室、雲苔·24h图书馆、党群服务大厅、红船走廊六大场所，已成为电商小镇党员开展活动的主阵地。

"有了党群服务中心，我们党员又多了一个家。"陆港电商小镇流动党员王玉林说，党群服务中心让散落在小镇各处的党员聚在一起，强化了归属感和责任感。

陆港电商小镇党委成立于2017年12月，目前下设5个党支部，在册党员31人，流动党员109人。成立以来，小镇党委深化党建工作品牌"八微矩阵"，以体系建设为主心骨，"两新"党建为主干线，党员干部为主力军，坚持"发展先行、党建引领、服务争先"的原则，突出党建思维，积极探索资源统筹、行业融合、多方联动的基层党建新路子，实现互联互动、共建共享，提升基层党建的整体效应。

"聚是一团火，散是蒲公英，金色蒲公英，扎根在基层。"2020年，在义乌市委组织部指导下，小镇党委成立了"红管家驻企服务队"，主要由"两新党员"、青年志愿者和运营公司成员组成，充分发挥党员力量，为有需要的企业上门服务。

小镇党委充分利用位于"望道信仰线"上的区域优势，将陈望道精神向入驻企业宣传，带领党员干部到陈望道故居学习参观，拓展产业平台党组织建设，打造"活力党建示范区"。

陆港电商小镇招商二部经理何显仙是基层党员，工作任劳任怨。招商曾经号称是天下第一难事，她善于了解行业动态、及时搜集资讯，学做"行家里手"。"今年战略改变比较快，原先中央广场的边边角角没人要，我们直接去招网络直播电商，因为直播电商对场地方位没有太高要求。只要氛围好就行，经过我们的努力，中央广场入驻率达到100%，孵化中心入驻率也达到100%。杭州三个半文化传媒有限公司，是2020年疫情期间去谈的，跑了七八趟，同时一直在微信上跟进，领导也很重视，和他们聊功能布局、未来规划。最终，我们的服务和诚心打动了他们，他们入驻后租了4000多平方米的办公场地，年销售额达到几个亿。"

毕业于华中师范大学的金昕是位"90后"的年轻党员，招商一部副经理，一直在做企业服务工作，兢兢业业。"我是一名学生党员，读书时就知道陈望道翻译了《共产党宣言》，工作后，党员活动时常到陈望道故居参观。在我看来，向陈望道学习就是要随时发挥党员先锋模范的作用，事事冲在前面，以一个党员的要求严格要求自己。"

2018年11月6日至7日，习近平总书记在上海考察时说："党建工作的难点在基层，亮点也在基层。随着经济成分和就业方式越来越多样化，在新经济组织、新社会组织就业的党员越来越多，要做好其中的党员教育管理工作，引导他们积极发挥作用。"陆港电商小镇特别注重"两新"党建工作，要求每一名党员不管身处何地、身居何位，都应当做到习近平总书记所强调的"全党同志要强化党的意识，牢记自己的第一身份是共产党员，第一职责是为党工作，做到忠诚于组织，任何时候都与党同心同德"。

　　浙江朴西品牌管理有限公司的王倩是 2017 年 5 月 1 日入党的业务骨干。她原先是一个全职妈妈，重新上岗后做电商仓储管理工作。她说："作为一名党员，我要把自身的价值体现出来。"为了让自己能尽快胜任新的岗位，她买了很多仓库管理及绩效考核方面的书籍，一本本地啃，一页页地做笔记，同时去其他先进的仓储管理公司学习。后来，公司引进了国际先进水平的电商 ERP 系统。在专家的指导下，她很快掌握了仓储管理的相关知识。让王倩印象最深刻的是 2017 年 10 月，当时公司的仓库面积只有 3000 平方米，日均发货 6000 单。但在"双十一"电商大促销期间，日均订单量突然激增到 6 万单，远远超出了仓库现有的吞吐能力。她当机立断，迎难而上，紧急调用办公室的同事、友商的仓库员工、临时工等，加大人力投入，临时租用一个 2000 平方米的仓库，把日常动销不多的产品调去新仓库，重新规划发货区，同时发布激励政策，经过一个月连续奋战，最终高质量、高效率地完成了公司的发货任务。

　　王倩深有感触地说："那一个月真的是又累又忙。早期的电商仓库没有成熟的管理方式和管理体系，对人员有较高的依赖度。现在我们及时引进成熟的仓储管理优化系统，每一双鞋子都有跟踪记录。销售旺季，每天平均要发出 4 万双鞋子，但没有再手忙脚乱。"王倩表示，中国电子商务领先于全球任何国家，已经成为推动中国经济的重要力量，未来的电商仓库也会越来越规范，越来越智能化。她觉得作为一名党员，很自豪能带领团队不断创新，走在行业前列。

　　尚钰铭是义乌市温投进出口有限公司党支部书记，他把党建工作和业务工作融合起来，相互促进，强化头雁效应。我翻开他的日常工作总结，他是这样写的："我是2018年1月1日随着公司搬迁来到小镇工作的，成为小镇的一名'两新'党员后，我感觉自己找到了组织，有了更多学习交流、实践提升的平台和机会。在工作中我时常想起自己的党员身份，对身边的事情更加有责任感。"

"我工作内容中有一个重要的模块是和业务员面谈，包括服务大学生创业孵化团队。我负责的业务员有60多名，在平常交流中，我会有意识地了解他们的思想动态，党员同志是否做到了先锋引领作用，群众同志是否愿意并积极向党组织靠拢，一旦发现有不好的苗头倾向，立即组织整改；一旦发现有困难需求，马上着手帮助解决。同时，我一直从严要求自己，在工作中主动攻坚克难，帮助关心同事，带领团队不断成长，积极动员公司优秀骨干向党组织靠拢。"

无论时代如何变，不变的是初心。

在陆港电商小镇上班的"两新"党员孙佳说，他所在的浙江慧尔科技有限公司共有4名党员，不久前成立了党支部。公司总经理孙成文说："公司再小，也要有组织引导，相信党支部能够在企业的日常工作中发挥积极作用。"孙成文告诉我，孙佳就是从上海引进的高级人才，自从成立了党支部，公司做思想工作容易多了，现在申请入党的员工越来越多，很多人写了入党申请书。

"世界电商看中国，中国电商看义乌"，奋斗着的电商人，浑身有着使不完的劲。在陆港电商小镇"党建＋单元"的引领下，党员协同作战，红色触角直插基层治理。电商小镇"红管家"全程红色代跑，热情服务企业。2019 年义乌实现电子商务交易额 2769 亿元，2020 年 8 月，陆港电商小镇获批"国家级电子商务示范基地"，成为浙江电商园区的新样本。

如今的横塘村，早已不见"村"。放眼望去，四周尽是正在崛起的新经济产业群。这个当年习近平同志精辟而生动地总结了"义乌经验"的地方，目前正在规划建设一座横塘公园。这座公园规划用地面积约 120 亩，公园内设有"义乌经验"座谈会会址、"义乌经验"展陈中心、横塘村古村聚落等景观。这里有历史的积淀、文化的传承、岁月的沧桑，是"望道信仰线"上的又一处红色地标。

有了坚定的信仰，就能坚持、不懈怠，如今的横塘人正毫无保留地把自己的精力和智慧、热血和汗水倾注到这片火热的土地上，努力践行习近平同志寄予的"干在实处、走在前列、勇立潮头"的殷切期望。相信横塘的未来，能够不断书写出无愧于人民的新篇章。

第九章

丝路起点：

"一带一路" 为梦想出发

相知无远近，万里尚为邻。

传统的丝绸之路，起自中国古代都城长安，经中亚国家、阿富汗、伊朗、伊拉克、叙利亚等到达地中海，以罗马为终点，全长6000多千米，这是一条联结亚欧大陆的古代东西方文明的交汇之路。随着时代发展，丝绸之路成为古代中国与西方所有政治经济文化往来通道的统称。

"使者相望于道，商旅不绝于途。"但那时，货物从中国运往欧洲需要花费整整一年时间。而今，一条铁路让古代丝绸之路从沉睡中苏醒过来，深蓝色的标准集装箱取代了清脆的驼铃，"中国制造"只需15至18天便能到达遥远的欧洲。

更让人欣喜的是，"义新欧"中欧班列的起点就在义乌城西的"望道信仰线"上，任何一列出发的专列都带着中国人民的初心和梦想，跨越千山万水，描绘出中国经济的壮美画卷！

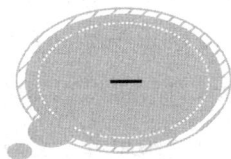

丝绸之路通古今，关山飞渡亦从容。

美丽的鲜花，飘舞的气球，欢呼的人群；铜管乐声、掌声、礼炮声汇成了欢乐的海洋……义乌人的喜悦与情感，就像眼前的铁轨一直延伸到了远方。

义乌—新疆—欧洲，这就是"义新欧"名称的由来。2014年11月18日，首趟"义新欧"中欧班列（义乌—马德里）从"望道信仰线"上的义乌铁路口岸完成通关手续，满载服装、箱包、五金工具、日用小商品等货物的82个标准集装箱，整装待发。

机车戴上了一朵红绸编织的喜庆大红花，车站值班员单家玮向远在上海的调度员汇报81018次列车完成编组、作业完成，调度员听取汇报后开放出发信号。于是，满载着货物的81018次国际列车像一位出嫁的新娘从义乌西站鸣笛出发，进入新疆阿拉山口，一路朝着欧亚各地进发。

丝绸之路融汇东西，首趟"义新欧"中欧班列正式开启了"一带一路"的宏伟新篇章。这条全世界最长的火车运输线路，几乎横贯整个欧亚大陆，全程13052千米。

从2014年的首发，到现在已开通"义新欧"中欧班列14条线路，连通亚欧大陆多个国家和地区，其中包括马克思、恩格斯的祖国德国以及《共产党宣言》撰写地比利时。这期间的发展大大超出了预料，义乌至中亚、伊朗、阿富汗、拉脱维亚、俄罗斯、白俄罗斯、英国、捷克等均已开通班列，其中义乌至马德里基本实现每周去程 4 列、回程 2 列的双向常态化运行，进口货物运量持续快速增长。2020 年"义新欧"中欧班列全年开行 974 列，发运 80392 个标准集装箱，同比增长 90%。

每一趟"义新欧"中欧班列都有鲜明的品牌标识，统一以奔驰的列车和飘扬的丝绸为造型，突显出中国的诚信、包容和实力。事实上，"义新欧"中欧班列就是铁轨上的丝绸之路，中国的服装、皮革、纺织品和五金等源源不断地运往欧洲，法国的葡萄酒、西班牙的橄榄油、荷兰的牛肉源源不断地运来中国。"买全球卖全球"，这是义乌的格局，也是中国的格局。

2020 年国庆期间，我在城西街道的义乌铁路口岸看到，卸车、吊装、发运……各种货品琳琅满目，集装箱往来调度，格外忙碌。一列列整装待发的中欧班列停在铁轨上，像一道道漂亮的彩虹。目前，义乌已经与 86 个"一带一路"沿线国家城市保持联系；义乌也借此与西班牙巴塞罗那等 18 个国家和地区的 24 座城市结为"姐妹城市"。

2020 年 10 月 1 日，满载着 100 个标准集装箱日用百货、圣诞节用品、生产生活物资、机械配件等货物的 X8020 次班列缓缓从城西街道义乌铁路口岸开出，一路向西行驶，直奔西班牙首都马德里。这是 2020 年义乌开行的第 634 列中欧班列。当天共开行了 6 列班列。

联则通，通则兴。

2013 年秋，习近平总书记访问中亚和东南亚时提出了共建

"一带一路"重大合作倡议，形成我国参与全球开放合作、改善全球经济治理体系、促进全球共同发展繁荣、推动构建人类命运共同体的中国方案。"譬道之在天下，犹川谷之于江海。"2014年9月26日，中国国家主席习近平在会见来访的西班牙首相拉霍伊时说，"义新欧"铁路计划从浙江义乌出发，终点设在马德里。义乌有全球最大的小商品市场，马德里是欧洲最大的小商品集散地。两地经贸往来越来越密切，西班牙已成为义乌小商品出口欧盟的最大目的地。2017年5月13日，习近平主席又会见了西班牙首相拉霍伊，强调义乌至马德里中欧班列开通运行，已经成为亚欧大陆互联互通的重要桥梁和"一带一路"建设的早期成果。双方要继续发挥各自优势，开展多领域务实合作，实现互利共赢。这是习近平主席再次在重要国际交流场合为义乌"代言"。

"义新欧"中欧班列不仅是我国东部沿海地区通往欧洲的第一条国际铁路联运物流大通道，更是我国打造向西开放黄金通道的重要举措。同济大学马克思主义学院副院长、博士生导师龚晓莺认为，习近平总书记多次点赞义乌，既肯定了作为世界"小商品之都"的义乌在推进"一带一路"建设中的突出贡献，也对义乌寄予厚望。义乌正在对外商贸、市场平台、文化引领等诸多方面为"一带一路"建设做出更大贡献。

2020年5月4日，随着"义乌—维尔纽斯"中欧班列中国邮政专列从义乌铁路口岸首发，"义新欧"中欧班列第12条国际铁路货运线路正式运行。这标志着"义新欧"线路版图再次扩大，成功打通了中国通往欧洲波罗的海地区的新线路。班列上满载着来自浙江、上海、江苏、福建、山东5省（市）的100个标准集装箱、共353.8吨国际邮件。列车抵达立陶宛后，这批国际邮件将被分拨至西班牙、丹麦、瑞士、法国等36个欧洲国家。在全球合作战疫的背景下，中欧班列发挥了国际运输新动脉的作用，为欧洲国家及时获得医疗物资和生活必需品搭建了绿色通道。

"疫情当前，生命至上"，2020年6月5日，中欧班列首趟国际合作防疫物资专列奔赴马德里，驰援当地抗击新冠肺炎疫情。此趟防疫物资专列运载了约2505万个外科口罩、40万套防护服等物资，由西班牙相关部门在中国采购，用于纾解当地防疫物资缺乏的局面。

"如果走海运预计需要40天，受限于目前航空和海运的停航、限航等情况，走中欧班列是比较经济快速的运输渠道，时间较海运缩短一半。"中铁集装箱公司上海分公司总经理刘锡林说。特殊时期，"一带一路"成为沿线各国人民守望相助的"经济通道""生命通道"，共建"健康丝绸之路"的理念更加深入人心。一场来势汹汹的疫情，在世界经济的海洋中掀起惊涛骇浪，越来越多人开始相信：同舟共济才是最好的出路；坚持互联互通、坚持开放包容，才是应对全球性危机和实现长远发展的必由之路。

2021年1月1日10时18分，满载着96个标准集装箱吉利汽车配件的X8022次列车从义乌口岸鸣笛启程，13天后到达白俄罗斯首都明斯克。同日，义乌西站又连续开出X8014次、X8020次、X9017次3趟"义新欧"班列，分别经满洲里、阿拉山口、霍尔果斯 3 个铁路口岸站出境，驶往白俄罗斯明斯克、西班牙马德里、中亚 5 国等地。新年第一天"义新欧"中欧班列就喜迎开门红，这也是中欧投资贸易不断扩大，高速增长态势的延续。义乌市陆港铁路口岸发展有限公司相关人员提供了一组数据：目前，班列运营平台企业已经在马德里、杜伊斯堡和伦敦等地设立了 4 个分支机构，在马德里、杜伊斯堡、巴黎等地设立了 8 个海外仓，在波兰马拉舍维奇和华沙、德国杜伊斯堡和汉堡、西班牙马德里等地设立了 5 个物流分拨中心。

中国目前是全球第二大物流强国，在当前全球疫情尚未得到有效遏制，海运和空运受到较大影响的时期，中欧班列运输优势进一步彰显。2020 年疫情暴发以来，防疫物资专列、跨境电商专列、吉利汽车配件专列等定制专列，挑起了万里新丝路陆路运输的大梁，成为与各国携手抗疫的"生命通道"和"命运共同体纽带"，为稳定全球产业链、供应链提供了强有力的支撑，毋庸置疑是国际战疫的中坚力量，为全球抗击疫情和经济合作带去"中国制造、中国温度和中国信心"。

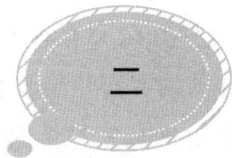

二

事实证明，"一带一路"是和平之路、繁荣之路、开放之路。"共商、共建、共享，开放、包容、透明"是"一带一路"合作的灵魂所在，现代高科技、现代交通网络则大大缩短了时空距离，让这种合作成为可能。

义乌星宝伞业老板娘张吉英是绍兴上虞人。20世纪90年代，她和家人来义乌创业，开始"前店后厂"的摆摊生活。"我守着摊位，丈夫管理工厂。因为不懂外语，我只能通过按计算器和外商确认价格。"随着义乌市场外向度逐年提升，张吉英的外贸生意越做越大，不仅注册了公司，还在市场拥有2个店铺。

星宝伞业成立于1995年，早年只是做加工，赚一些辛苦钱。现在他们有了专门的设计团队设计新款。张吉英告诉我，自从"一带一路"倡议提出后，她就开始重新思考自己的家族生意。"伞以前只是挡雨遮阳工具，现在变得越来越时尚了，我的生意自然不能一成不变。"于是，她决定到国外注册商标，抢占中高端市场。在参加土耳其、阿联酋、罗马尼亚等"一带一路"沿线国家和地区举办的展会时，她结识了法国巴黎的一个设计团队，双方达成了战略合作，委托的第一个业务，就是该公司的海外宣传形象设计。

粉色的天空下，一个时尚女郎撑着伞，漫步在大本钟、埃菲尔铁塔等著名建筑所在的城市街头——全新的品牌形象RST启用。"外商比较认可这种好记又好看的国际范儿品牌，来自俄罗斯、德国、意大利等国的客商明显多了起来。"在张吉英看来，这与"一带一路"倡议被越来越多国家的贸易商了解和认同有很大关系。

张吉英一边翻看手机一边说："我有2个微信，一共7000多好友，其中外商有4000多人，遍布全球100多个国家。""小而美、细而精"是他们做产品的目标。随着张吉英的国际朋友圈的扩大，她在 100 多个国家注册了自己的品牌，很多新款产品热销全球。

前不久，一位英国客人联系张吉英，希望能在伦敦开一家"星宝伞业"的专卖店。"我已经把新店的设计方案发过去，正在洽谈合作事宜。"张吉英说，"'义新欧'中欧班列已经开到伦敦，而且实现了双向常态化运行。运输时间比海运缩短一半以上，运输费用远低于空运，欧洲客商来义乌采购商品更方便了。"2021 年 1 月，张吉英原本要去西班牙参加商业会展，各类新产品早已运到了西班牙，但受疫情影响，行程取消。"我想疫情不久后应该会控制住，海外市场依然是我们的重头。"

清晨，又一趟从马德里返程的"义新欧"班列，满载着 60 多个标准集装箱的优质"欧洲制造"，缓缓驶入义乌铁路口岸。因为"义新欧"班列的开通，西班牙客商米格尔第一次来到义乌。他的家族在马德里有一家农副产品企业，有 100 多年历史，在当地名气不小。他拿起一瓶自家生产的橄榄油说，这些产品已经卖到全球 10 个国家，希望能借助"义新欧"班列打开中国市场。

这几天，义乌市开疆电子商务有限公司在速卖通平台上接到不少订单，公司主打的定制类饰品在欧洲拥有广泛的消费群体。"受疫情影响，国际航班停运不少，航空仓位骤减，海运时限无法保证。我们的货物如果不及时发出去，对客户、对公司都会有影响。"总经理王聪聪说，"当前货物出口需求迫切，我们及时转变策略，通过'义新欧'中欧班列运输货物，速度比海运快，时效有保证，价格比空运优惠 50%，性价比特别高。"

王聪聪告诉我，由于疫情，人们减少了零售店购物，对线上零售来说却是一个机会，2020年，他们公司线上零售业务增长率达100%。

这段时间，做玻璃、水晶进口生意的徐正国每天会给中欧班列运营商打电话，询问"布拉格—义乌"中欧班列通行情况。捷克是玻璃、水晶生产大国，是他的主要货源地。"我每个月都要从捷克进120个货柜，走铁路能比海运省一半时间，而且可以直接在义乌提货。"

随着"义乌—马德里"中欧班列的双向常态化运行，浙江盟德进出口有限公司经营的西班牙商品中心，通过铁路进口的红酒每年达150万瓶。"在马德里清关后，红酒被装入集装箱封箱，沿途基本不会再被开箱抽检，经折算综合成本下降了15%至20%，不仅保证了品质，价格也更具优势。"总经理金海军说。目前，"义乌—马德里"专线是"义新欧"中欧班列中最忙碌的一条：2020年前10个月，义乌至马德里货运班列开行总数已超过前年全年总量，中西货物贸易额近305亿美元，中西经贸合作前景广阔。

不只是义乌，之前在杭州、上海等地，由于国际货运航班减少，运输压力增大，不少跨境电商卖家选择把部分货物转至义乌，通过"义新欧"中欧班列发往欧洲。"以前，平均每天只有1万到2万票，疫情期间，每天的出口包裹量突飞猛进，基本上维持在5万票以上。"义乌海关邮件监管科相关工作人员说。在全球合作抗疫的背景下，"义新欧"中欧班列发挥了国际运输新动脉的作用，越来越多的义乌及省内周边城市跨境电商企业，选择使用该班列运输医疗物资和生活必需品。

"大道不孤，天下一家。"2020 年 9 月 4 日，习近平主席在2020 年中国国际服务贸易交易会全球服务贸易峰会视频致辞中指出，中国要"同大家携手努力、共克时艰，共同促进全球服务贸易发展繁荣，推动世界经济尽快复苏"。习近平主席的表态明确了在后疫情时代，中国要为世界经济尽快复苏注入中国智慧和中国力量。

经历了一年来的风雨，我们比任何时候都更加深切体会到人类命运共同体的意义。事实证明，"一带一路"对于助力全球经济复苏及发展展现出强大的生命力，是中国参与全球治理、对外开放、构建人类命运共同体的有力抓手。"一带一路"着眼于人类长远未来，希望通过共同发展补齐短板、改善失衡，提高全球治理成效，应对人类共同面临的各种挑战，在利益共生、责任共担、发展共赢中追求世界和平繁荣的美好未来。

"万物得其本者生，百事得其道者成"，"一带一路"顺应时代潮流，凝聚国际共识，为构建人类命运共同体注入澎湃动力。蓝图已经绘就，实干托起梦想，"义新欧"中欧班列正源源不断地为缓解欧洲疫情和复工复产提供"中国驰援"！

义新欧贸易服务集团从事供应链管理服务、全球采购和国际分拨配送、国际货运代理等业务，该公司负责人冯旭斌说："疫情导致诸多物流链中断，与其他运输方式相比，铁路货运的优势更加凸显。'义新欧'中欧班列驰援欧洲抗疫战场，不仅可靠，而且节省人力，大大降低人员感染风险。2020 年集团'义新欧'中欧班列业务创历史新高，同比增长了100%。"在义乌铁路口岸负责"义新欧"中欧班列装卸作业的何江桥说，看着中欧班列把中国的商品以及中国的文化源源不断地输送到世界各地，向全球展示中国制造、中国创造的魅力，他的自豪感、成就感油然而生。

大道同行，镌刻着中国担当。"义新欧"中欧班列，不仅仅是一趟班列，更是一条飘扬梦想的"新丝绸之路"，一条国际经济交往和共赢的幸福之路。可以预见，随着中国与"一带一路"沿线国家之间经贸合作的不断深化及影响力的不断扩大，中欧班列必将迎来新的发展高潮。

"乘风破浪潮头立，扬帆起航正当时。""义新欧"中欧班列已经成为全国营运方向最多、载重率最高、跨越国家最多、运输线路最长的中欧班列运营线路之一。目前，铁路口岸正在稳步推进集装箱作业线扩能改造工程和二期仓储建设，西班牙小镇、云驿小镇、电商小镇等一系列战略平台落地城西，或与城西街道毗邻，城西街道的窗口形象更为突出重要。

2018年8月，时任中共浙江省委书记车俊到义乌调研了四个点，其中三个在城西。一个是分水塘村陈望道故居，一个是电商小镇，另一个是义乌铁路口岸，即"义新欧"中欧班列始发站。车俊要求加强保护利用，把分水塘村陈望道故居建成爱国主义教育基地，让更多人品尝"真理的味道"，要更加积极主动融入"一带一路"建设，推动更高水平的开放型经济发展。

义乌市城西街道党工委书记陈惠宇说："城西街道比别处更有独特性，因为城西街道既是共产党人信仰的起点，又是新时代新丝路的起点。这两个起点放在中国的任何一个地方都是厚重的，城西非常幸运地同时拥有了这两个起点。"

"浩渺行无极，扬帆但信风。""义新欧"中欧班列是在习近平总书记亲自关心下开行的，是我国"一带一路"倡议的重要组成部分，具有独特的经济和政治意义。"一带一路"输出的，不仅是货物，更是中国道路、中国文化、中国理念和中国担当。

2021年2月17日，农历正月初六，浓浓的年味还未散去，义乌铁路口岸一天开行了10列"义新欧"中欧班列，创下单日开行列数历史新高。

"求木之长者，必固其根本。"对马克思主义的信仰、对社会主义和共产主义的信念，是共产党人的政治灵魂。坚定理想信念，坚守共产党人的精神追求，始终是共产党人安身立命的根本。"真理的味道非常甜"，在义乌城西，感受红色基因和"一带一路"变得更为具体而直观，因为它已经融入了义乌普通百姓的生活，融入了义乌"望道信仰线"的繁荣，融入了义乌铁路口岸同心共筑"中国梦"的伟大实践！

第十章

追望大道：
让义乌告诉世界

一个时代，一篇宣言，照亮了中国前进的方向。

一条信仰线，一个街道，浓缩了中国新时代的元素。

真理滋养古老大地，孕育甘甜果实。这甘甜，是一个饱经磨难的民族自危难中奋起、于困境中重生后的苦尽甘来；这甘甜，是一个举世瞩目的国家不断从胜利走向新胜利的自信豪迈；这甘甜，是一个牢记使命的政党把人民对美好生活的向往逐渐变成现实的喜悦幸福……

"你所站立的地方，就是你的中国；你是怎么样，中国便是怎么样"，信仰不仅让人有奋斗的方向、有前行的力量，更能收获有价值、有意义的人生。

一

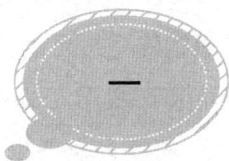

义乌，是中国改革开放的窗口和样本，从"鸡毛换糖"起步，如今成为世界最大的小商品交易与集散中心；义乌城西，有红色的革命名片、绿色的生态名片，还有金色的商贸名片，是一片充满活力的红色热土！

2020年，由一条"望道信仰线"串联在一起的《共产党宣言》中文首译地、义乌发展经验诞生地和"义新欧"中欧班列始发地，全年访客人数达46.6万人次。

一位哲人说过：机会，永远钟情于有准备的人。迎接挑战，抓住机遇，就预示着成功的希望。机遇看起来是偶然，但偶然中包含着必然。100年前，真理的火种经由义乌的一个小山村燎原中华大地，100年过去，义乌的变化，实实在在印证了信仰和真理的伟力。

"大道致远，行则必达。"历史是一本厚重的教科书，在这源远流长的5000年文明史长卷面前，我们感悟到——昨天已经逝去，今天正在努力，明天更要辉煌，每个中国人肩上都会有沉甸甸的重担。

"望道信仰线"，是一条与国家命运联系在一起的线，是一条与时代发展融合在一起的线。一个民族如果没有信仰，就没有凝聚力和前进力。信仰和精神是人生前进的力量，是民族繁荣兴旺的法宝。共产党人只有拥有坚定的理想信念，才能站位高、眼界宽、心胸阔，才能始终坚持正确的人生方向，在胜利和顺境时不骄不躁，在困难和逆境时坚如磐石。"望道信仰线"的发展充分说明了这一点，义乌的发展也充分说明了这一点。

选择了什么样的信仰，就选择了什么样的道路。

每次走读红色"望道信仰线"，我都能感受到义乌人那种嗷嗷叫的拼劲和不服输的精神。我觉得，义乌人的拼劲和勇气其实就是义乌人千百年间淬炼出来的那股子"硬气"。义乌人的"硬气"不仅体现在陈望道身上，也渗透在当代义乌人的骨子里。在全球化背景下，义乌人从来不缺乏勇气和冒险精神，他们逾越空间距离、突破心理疆界，用现代思维谋划无限可能，用自己的方式赢得发展的未来。

党的十九大报告提出了实施乡村振兴战略，既要让乡村"产业兴旺、生态宜居、乡风文明、治理有效、生活富裕"，又要让老百姓看得见山、望得见水、记得住乡愁……"望道信仰线"正是中国乡村振兴的生动样本。

"大道之行，一以贯之。"

100年前，陈望道向村民描绘的蓝图正在变成现实。

近距离聆听义乌发展的脉搏，我更加深刻地感受到——"望道信仰线"上的小康画卷，离不开全心全意为人民服务这支生动的画笔，离不开基层党员脚踏实地、久久为功的先锋引领作用。无论是"绿水青山就是金山银山"的发展理念，还是"富口袋"和"富脑袋"并举，都体现了以人民为中心的发展思路。

义乌人，一有雨露就发芽，给点阳光就灿烂。义乌民间谚语"锄头柄、六尺长，放倒就有半年粮""鸡啼三遍离床铺，三个五更抵一工"等，都体现了义乌人自力更生、奋发图强的精神。这，也正是义乌人勤劳致富的基石。

中国乡村发展是一个非常大的市场和机会。习近平总书记指出，乡村是我们党执政大厦的地基，乡村干部是这个地基中的钢筋。在义乌，信仰的力量并不限于一条线路，还深深植根于每个义乌人的思想中，体现在每个奋斗者的行动上。

"百年望道，真理味道"，初心凝聚力量，使命催人奋进。每一名党员干部都要做一颗信仰的种子，坚定心中的理想和信念，植根基层，深入群众，从小事做起，充分发挥示范引领作用，用自身的"忠诚、干净、担当"影响带动身边的群众，为实现中华民族伟大复兴而不懈奋斗。目前，义乌在全国率先成立首个"网上党委"，创新了线上"党群共建"，引领党组织"区域联建"。同时不断扩大基层党建覆盖面，以党建引领市场繁荣，特别是新冠肺炎疫情暴发以来，在各领域深化"党建＋单元"作战标准化工作部署，实施最小单元管控，有效防控疫情和大力推进复工复产，成功打造了城市基层党建的"义乌样本"。

在义乌市委常委、组织部部长蒋涛看来，义乌是习近平总书记治国理政思想的重要试验田，他先后多次到义乌，对义乌的发展做出了重要指示。义乌是中国改革开放的桥头堡，买卖全球是义乌的大格局。习近平主席在多个国际场合提出要打造人类命运共同体，而人类命运共同体就是当年《共产党宣言》最大的初心和情怀，我们今天所做的事情就是把马克思主义中国化，并不断取得新成果。义乌全市上下正以时不我待、只争朝夕的精神状态，加快推进国际一流营商环境样板城市和以丝路开放为特色的"世界小商品之都"建设。蒋涛说："中国人民从站起来到富起来再到强起来，每一次转变都能在义乌找到节点。分水塘村的信仰之光让义乌人民站起来，改革开放的小商品市场让义乌人民富起来，'义新欧''一带一路'班列让义乌人民强起来。在义乌，甜的不仅仅是真理的味道，还有老百姓的幸福生活。"

"记得来时路，方能行远方。"望道中学、望道路、望道高速互通、望道森林公园……在城西，"望道元素"随处可见，红色品牌效应日益显现。红色基因印刻在义乌这片火热的土地上，共产主义的真理和共产党人的信仰在这片土地上接力传承、生生不息。一个个天蓝、地绿、水清、路畅、景美、业兴、民富、风正的美丽乡村在中国义乌的版图上跃动，展望着催人奋进的目标，怀揣一路向前的希望。

"一花独放不是春，百花齐放春满园。"2020年11月24日，浙江省深化"千万工程"建设新时代美丽乡村现场会在义乌召开。17年来，浙江按照习近平同志当年的战略擘画，一张蓝图绘到底，久久为功推进"千万工程"，推动全省乡村面貌发生了全方位、历史性变化——实现了美丽生态的新蝶变，催生了美丽经济的新产业，探索了城乡融合发展的新机制，形成了共建共治共享的新局面，塑造了文明和谐的新风尚。

美丽乡村建设上承党中央重大决策部署，下接一方百姓殷殷期待，是一项系统性、长期性工程。"中央有决心，村民有干劲，村官善带头，乡村定振兴。""望道信仰线"借势发力，用红色元素串联起一个个美丽乡村，将红色信仰融入村党组织建设，融入美丽家园建设，融入乡村生活的方方面面，用信仰之光照亮义乌这片美丽的天空。以线带点，以城带乡，深化农村改革，打造智治乡村……"望道信仰线"走出的这条路，正是发展社会主义集体经济、实现共同富裕的振兴之路，它为中国决胜全面小康、决战脱贫攻坚提供了可资借鉴的生动样本。

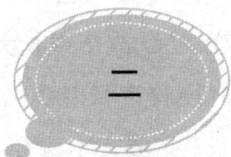

二

义乌，一座建在市场上的城市，而今正在网络世界开疆拓土。通过电子商务平台，每天有数以亿计的商品运往世界各地，义乌的快递量已位居世界第一。

走进义乌国际商贸城，连绵的高楼中穿梭着巨大的货车，这些货物中的大部分，并非由买家自己赶到这里来采购，而是网上交易而成。眼下最红的是"直播经济"，不少在杭州、上海等地起家的网络直播公司，也选择把团队搬到义乌——同样直播一款产品，只要有客户下单，在杭州、上海发货比在义乌发货贵得多，一年上万件包裹累加，就是一笔不小的成本，省下来的都是利润。义乌的"价格洼地"对商家产生了巨大的虹吸效应，义乌已经是国内最为集中的外贸产业带之一。

义乌的发展是千军万马各显神通。陈望道的淳朴、勤勉和坚守，与"勤耕好学、刚正勇为、诚信包容"的当代义乌精神有着异曲同工之妙。如今的义乌，富甲一方。工信部下属县域经济研究中心发布的《2020中国县域经济百强研究》显示，义乌位居全国县域经济百强第9位（浙江第2位）。"百强县"中地区生产总值突破千亿的县域33个，义乌位居第一方阵……

2020年，义乌机场近40%的旅客为外籍旅客，这一占比甚至超过了北上广深，位居全国机场之首。在美国大选、世界杯等千里之外的国际大事中，"义乌指数"已成为重要的参考。变化，是义乌最大的不变。"吃改革饭长大"的义乌人，勇于适应市场主动变化，敏于对接政策积极变化，更善于"无中生有"推动变化。在奔跑中成长，在成长中改变，在逆境中突围加速。2020年1—12月，义乌市外贸进出口总值突破3000亿元人民币，同比增长5.4%，占浙江省总额的9.3%；自2020年10月起，金华（义乌）快递业务量赶超一线城市广州，领跑全国，市场需求持续旺盛，业主电商渗透率持续提升，实体市场与电商平台同步转型升级。"义新欧"中欧班列实现快速增长，进出口货物总值达206亿元，同比增长96.7%，已经成为中国运营方向最多、载重率最高、跨越国家最多、运输路线最长的班列之一。一个立体物流网络、多式联运体系，正撑起一个没有围墙的全球贸易大平台。走进义乌国际商贸城，进口商品馆面积达10万平方米，100多个国家和地区的近8万种特色产品琳琅满目。义乌一次次站上国贸改革试验区、跨境电商综试区、自贸试验区等重要"风口"……

时事变迁，风云变化，义乌依然坚挺地站立在中国经济的前沿。"有效市场＋有为政府"，义乌通过市场配置资源、政府调控市场让发展成果惠及百姓，走上了一条充满活力的富裕之路。2018年，义乌率先在全国建成"无证明城市"，实现市内无证明。2019年，通过"六个一"的改革实现权力运行公开透明。2020年，探索建设"无费城市"，通过建立白名单，实现"单"外无收费。2020年，义乌获批设立自贸区，这是党中央对义乌市场化探索之路的认可。自贸区的设立，提高了企业资源要素的配置效率和竞争力，推动义乌在线下发展出全球最大的实体市场，在线上发展出全国数一数二的内外贸网商密度。义乌之所以能发展得这么好，其实就是一句话——一切以人民为中心。事实上，《共产党宣言》的核心价值就是要为最广大的人民群众谋利益。一路走来，我们怀着同一个中国梦，澎湃着同一颗中国心。"千磨万击还坚劲，任尔东西南北风。"因为心中有梦，面对风浪我们从不彷徨，面对艰险我们昂首前行。义乌从一个浙中小县成为中国买卖全球的风向标，从不靠海、不沿边成为"世界小商品之都"，成功的背后是义乌独特的人文精神，是义乌人根植在心底的信仰。100年前的义乌，一穷二白，陈望道回乡翻译《共产党宣言》，用理想之光照亮了奋斗之路，一代代后来者薪火相传，将马克思主义中国化的成果写在中华大地上。

"党员心中有信仰，人民幸福有源泉"，历史的钟声无数次被敲响，一个坚定的声音一再告诉我们：在中国大地上，没有任何一种信仰比改变中华民族命运的共产主义信仰更伟大，正因为有了坚定的共产主义信仰，共产党人才能始终与人民心心相印、与人民同甘共苦。

"大鹏之动，非一羽之轻也；骐骥之速，非一足之力也。"追本溯源，《共产党宣言》不仅是中国共产党建党的重要理论指引，也是中国共产党初心和使命的重要精神支柱，它将激励中国共产党人朝着中华民族伟大复兴的宏伟目标不断前进。100年来，一代又一代共产党人英勇奋斗，为了理想信念去拼搏，去奋斗。在新的历史时代，我们党员干部就是要一茬接着一茬干，一棒接着一棒跑。

"看似寻常最奇崛，成如容易却艰辛。红色信仰线的建设还很漫长，前进途中，有平川也有高山，有缓流也有险滩，有丽日也有风雨，我们要守护好中国共产党人的精神家园、讲好建党故事、传承红色基因，这是我们的光荣和使命。我们要以时不我待的责任感、苦干实干的精气神，不忘初心，接过历史的接力棒，以更大勇气和智慧凝聚前行的力量。"在"望道信仰线"上，党员干部和村民群众正在不断传承红色基因，凝聚红色力量，用"铁一般的信仰、铁一般的信念、铁一般的纪律、铁一般的担当"，来擘画义乌振兴的美丽蓝图。相信未来，岁月给予义乌、给予"望道信仰线"的将是更多美好的故事……

"雄关漫道真如铁，而今迈步从头越。"追望大道，就是追望共产主义的信仰之道，追望中华民族的复兴大道，追望共产党人前赴后继的英勇之道！时代不断前行，真理的火种越燃越旺。老百姓翻开的任何一幅画卷，都能体现我们党执政为民的美好愿景。

"中国共产党人的初心和使命，就是为中国人民谋幸福，为中华民族谋复兴。"百年恰是风华正茂！这是一个特别好的时代，有无数的梦想等着我们去实现。

在义乌的市场中，掌握多种外语的小店商贩一点也不稀奇，街头巷尾能看到富丽堂皇的土耳其餐厅、全是阿拉伯文的埃及小店、浓浓烟火气的叙利亚烧烤铺、正宗的韩国料理、意大利美食乃至土耳其奶酪……每一家都有自己独特的味道和魅力，吃一个月也不重样。

春日，风儿带着微微的暖意，阳光从密密层层的玉兰花间透射下来，把大地点缀得如诗如画。草青风和，正在崛起的义乌处处洋溢着蓬勃生机。

义乌是金华的义乌、浙江的义乌，更是中国的义乌、世界的义乌。随着中国特色社会主义进入新时代，我们的改革定力、理论创新制度、建设实践方略都进入了新境界。从农村到城市，从经济体制改革到政治社会文化等多领域突破，全面改革的进程势不可挡！从国门循序打开到建立全方位对外开放新格局，从融入世界到构建人类命运共同体，中国对外开放的进程波澜壮阔！

"功崇惟志，业广惟勤"，2021年是中国共产党成立100周年，100年披荆斩棘，100年风雨兼程，义乌正全力开启"中国之治"的义乌新篇章！把党的政治建设摆在首位，全面实施农村基层党组织组织力提升工程，建设高素质干部队伍，让中国的乡村治理成为世界乡村治理的样板。义乌人民时刻牢记习近平总书记对义乌的嘱托和指引，传承红色基因，凝聚红色力量，不忘初心，埋头苦干，让义乌变得更美、更强！世界必将迎来一个让人刮目相看的中国，中国必将迎来一个让人刮目相看的义乌！

我们党的100年，是矢志践行初心使命的100年，是筚路蓝缕奠基立业的 100 年，是创造辉煌开辟未来的 100 年。中国共产党的百年历史，就是一部践行党的初心使命的历史，就是一部党与人民心连心、同呼吸、共命运的历史。站在"两个一百年"的历史交汇点，习近平总书记指出，全党必须毫不动摇坚持和完善党的领导，毫不动摇把党建设得更加坚强有力。

无数事实证明，坚守红色信仰是中华民族实现伟大复兴的必由之路，坚持中国共产党领导是国之大道。"初心在誓言中镌刻，使命在奋斗中坚定"，今天，我们比历史上任何时候都更接近、更有信心和能力实现中华民族的伟大复兴。追望大道——为了理想永远坚持、不懈怠，方能书写出无愧于时代的新篇章。梦想升腾，天地日新。这是中华民族大发展大作为的时代，是每一个奋斗者都能够梦想成真的时代。

浙江义乌是中国改革开放的前沿和重要窗口，这是一方神奇的土地——"无中生有"显示独特魅力，买卖全球彰显中国格局，"义新欧"班列打开世界通道，欢声笑语化作丰盈收获……习近平总书记说，人民对美好生活的向往，就是我们的奋斗目标。而今，义乌人对美好生活的向往，正根植在政府创新发展的沃土上，正通过一双双勤劳的双手，孕育出更美的花朵和更光明的未来。

"心有所信，方能行远。""真理的味道非常甜"，我们要把这份"甜"一直延续下去。在这方土地上，信仰是一颗火种，可以点燃希望、点燃激情、点燃生命；在这方土地上，信仰是一盏明灯，可以照亮义乌，照亮中国，照亮整个世界……

后 记

那日我到浙江省义乌市城西街道采访，街道主要负责人告诉我，义乌市正结合乡村振兴战略，打造以分水塘村为核心的"望道信仰线"。街道同志讲了很多设想，我不由得越听越感兴趣。

陈望道是中国共产党早期的创始人之一，现在的"义新欧"中欧班列又是中国"一带一路"倡议的重要一环。陈望道首译《共产党宣言》的地方如今已经发生了翻天覆地的变化，广大农民跟上了改革开放的步伐，过上了小康生活。当时我心想，"望道信仰线"上这几年发生的巨大变化，信仰线上这些村的发展，足以证明"真理味道非常甜"。如果能写一写，好好挖掘和弘扬共产主义信仰在基层的力量，用现实全面诠释坚守红色信仰在中华民族实现伟大复兴中的巨大作用，将是一件极有意义的事。

"望道信仰线"是中国乡村振兴的生动样本，我觉得在建党100周年的节点上，进行这样一次采访和写作特别有意义，可以全景式展现"望道信仰线"上农村基层党组织不忘初心、牢记使命，为人民谋幸福，为乡村振兴谋出路的种种奋斗故事，突出红色信仰的引领作用，品尝这片红色土地上不断发扬光大的真理味道。

我驻点入村深入采访，通过采访，我深刻感受到，乡村振兴要有领头雁，在中国的乡村，胸怀远见又能脚踏实地的引领人越多越好。他们把根扎在基层，带领乡村迎来一次又一次的蜕变和腾飞。"望道信仰线"的打造不是一蹴而就的，它是甘于奉献的基层党员干部和胸怀大局的老百姓共同努力的结果。这些村庄衍生、变迁和繁荣的过程，能让我们从中窥见中国乡村振兴的发展轨迹。

采访结束后，我静下心来写作，用朴实的笔触记录了"望道信仰线"在脱贫攻坚奔小康的路上牢记使命，奋力前行，取得令人瞩目成就的全过程，几易其稿完成了这部长篇报告文学。在此我要感谢中国作家协会、浙江省委宣传部、浙江省作家协会、金华市委宣传部对本书的大力支持，感谢义乌市委组织部、义乌市委宣传部、义乌市文联的大力帮助，感谢义乌市城西街道、义乌市陆港电商小镇以及"望道信仰线"上各个主要村落和节点对我采访的大力支持和配合，为我提供写作中需要的各种材料。书中照片由城西街道办公室和王志坚先生、吴优赛先生提供，在此一并表示感谢。

2021年3月